U0888553

◎长篇小说

熊耳山

南河　著

黄河出版传媒集团
宁夏人民出版社

图书在版编目（CIP）数据

熊耳山／南河著. —银川：宁夏人民出版社，2017.7

ISBN 978-7-227-06721-4

Ⅰ.①熊… Ⅱ.①南… Ⅲ.①长篇小说—中国—当代 Ⅳ.①I247.5

中国版本图书馆 CIP 数据核字（2017）第 202665 号

熊耳山　　南 河 著

责任编辑　姚小云
封面摄影　陈继先
封面设计　严良玺
责任印制　肖　艳

黄河出版传媒集团
宁夏人民出版社　出版发行

出 版 人　王杨宝
地　　址　宁夏银川市北京东路 139 号出版大厦（750001）
网　　址　http://www.nxpph.com　http://www.yrpubm.com
网上书店　http://shop126547358.taobao.com　http://www.hh-book.com
电子信箱　nxrmcbs@126.com　renminshe@yrpubm.com
邮购电话　0951-5019391　5052104
经　　销　全国新华书店
印刷装订　陕西东帆印务有限公司
印刷委托书号（宁）0006130

开本　880×1230mm　1/32
印张　6.75　字数　200 千字
版次　2017 年 8 月第 1 版
印次　2017 年 8 月第 1 次印刷
书号　ISBN 978-7-227-06721-4
定价　38.00 元

版权所有　侵权必究

内容提要

本书描写的是明朝万历年间的人和事。

故事发生在商州熊耳山一带。

主人公熊铁鹰七岁时，父母被村霸杀害，成了孤儿，后被德高望重的山先生收养，与其女儿金秀一起玩耍、读书，青梅竹马，长大后二人产生了爱情。但熊铁鹰为给父母报仇，还是离开山家，扛起了“除恶扬善”大旗。山金秀嫁给熊耳山煤矿年轻的矿主向木耳，整个故事以熊（铁鹰）、（向木）耳、山（金秀）三人为轴心展开，故事既惊心动魄，又情意绵绵，既是熊耳山一带的风土人情画卷，又是社会众生相。作品从文化和历史的深度与广度描写了熊耳山，包括早期的煤矿、陶瓷、石灰窑诸产业以及金陵寺、月老庙、古银杏树等名胜古迹。

主人公熊铁鹰后来跟军队奔赴朝鲜战场，成了一名抗倭英雄，得到朝廷嘉奖。

这是一部可读性强又充满正能量的小说，值得一读。

楔 子

站在古老商州城的任何一个地方，比如鹅卵石铺就的西街或者东街，向西遥望，透过漫漫蟒龙峪后边的层层山岭，就会看见在那遥远的地方，现出一个椭圆形的山尖，一如熊耳，直插云端，她就是著名的熊耳山。盛夏，雨过天晴，日近阑珊时，那座山就会被夕阳照耀着，色彩斑斓，瑰丽璀璨，漂亮极了，那就是商州八景之一——熊耳晚霞。美景曾被多少画家描绘过，被多少诗人咏叹过。熊耳山是一座名山，更是一座宝山。

鄙人出生于城北水道河，与熊耳山近在咫尺，后进城工作，还不时能看见熊耳山英姿。下乡时登过许多山，清明山、星星山、五峰山、戴云山……可遗憾的是，几十年却唯独没有登临过熊耳山！时光荏苒，直到 2015 年秋天，我已七十又七时，才好不容易登了回熊耳山。那天，秋风送爽，金阳灿灿，天气很好，儿女开着私家车，带我和老伴及孙辈、重孙辈一大家人，来到上秦川的铁沟，顺那弯弯曲曲的盘山村道绕来绕去，如腾如飞，来到了熊耳山上。下得车来，环顾四周，一片片田地，一户户农家小院，农户屋檐下，挂着一爪爪黄苞谷穗，一串串红辣椒。人说，山高水高，农户人家住得高。我不禁怦然心动，感慨起来。

这金陵寺镇，这熊耳山，原本有煤矿、陶瓷厂、石灰窑……是宝山宝地，在古老商州独一无二。熊耳山珍藏着一窝窝天麻、一兜兜珍珠，也珍藏着一串串故事……鬼使神差，我心头突然冒出一个想法：写一部关于熊耳山的长篇小说！不过，人世间任何一件事的完成，都需要许多条件的，也就是说，要有许多机遇和力量来促成，否则，亦会夭折。我的设想产生之后不久，一个团队活动帮助了我。熊耳山所在的金陵寺镇党委、政府和商州区作协联合组织作家、诗人、书画家登熊耳山采风，我也参加了，随三十多名年轻的朋友再次登了趟熊耳山，听了当地镇上领导同志的介绍，我的构思出来了：人物来了，故事来了，叱咤风云，动地惊天，喜怒哀乐，离合悲欢……随后又进行了多次采访，踏勘了许多古迹，使我的腹稿愈加完善、清晰。我将自己的创作计划首先给年轻朋友、青年作家张高彦、鱼先军讲了，他们都十分支持，鼓励我写，并给了诸多帮助。我很高兴，心想，成了！然而，事情绝非这样简单，两年多来我虽然有三部长篇的写作经历，但禁不住还是畏怯，迟迟难以动笔，大有流产的可能。但是，“腹中子”毕竟康健，出生是迟早的。山不转路转，入土的种子总会发芽。今晨（2015 年农历十一月二十四日，即 2016 年 1 月 3 日），不知怎么，蓦然有了写的兴致和情绪，且很强烈，便铺开稿纸，伏案提笔写起了这部长篇小说《熊耳山》。一方面，此熊耳山，就是我前边说的那熊耳山，另一方面，此熊耳山又是三个人姓名的组合，即本书主人公熊铁鹰的熊、向木耳的耳、女主人公山金秀的山，《熊耳山》是他们三人的故事……

第一章

1

明朝万历二十三年（1595年）腊月二十八，天黑多时了，四山如黛，天上只有几颗稀疏的灰星，不时被乌云覆盖。家家户户都忙完了年活，关门闭户熄了灯，进入了梦乡。去川道刘家庙赶集的丈夫向木耳还没有回来，于是，妻子山金秀便领上十岁的大儿栗树、二儿二树和小儿三树顺房东边的砭路去到松树疙瘩上，栗树和二树便站在那，仰脖朝沟畔上来的山路方向喊叫：

爹——

爹——

爹，你走到哪里了？

爹——爹——

小孩子的喊叫声在空旷的暗夜里愈加尖锐、悠远，对面山崖发出了回声，但是，孩子爹木耳却没有一点回应，人更是无影无踪。

金秀害怕了，心想，他在集上酒喝多了吗？快过年了，家里没酒？在外边咋能喝多？

金秀把栗树、二树、三树领回家，给年迈的公公、婆婆嘱咐后，就叫上春生、红牛几个小伙打上灯笼顺山路下了坡，走出沟，赶到了刘家庙。集早散了，多数店铺已关门。他们问了几家酒店，都说向掌柜今天没有来喝酒。

金秀又吩咐春生，让他们分头找了几户亲戚，都说木耳没有去。但是，怎么不见人呢？亲戚邻居知道木耳失踪了，都惊慌不已，立刻帮忙四处寻找，一直找了三天，也没见人影。他究竟去了哪里？怎么了？出什么事了吗？人们议论纷纷，惶恐不安。

金秀尽力镇静下来，不露声色，叮嘱阮妈和伙计老顺说，该咋办就咋办，过年的规程不能破。所以，腊月三十这天，向家照旧贴对联、放鞭炮、穿新衣、戴新帽，栗树、二树、三树喜得院里院外跑。吃年夜饭时，门上张灯结彩，桌上七碟八碗。要开席了，公公婆婆这才发现还不见儿子，便问，大过年的，咋不见木耳呢？

老人年龄大了，忘性多，金秀便把她编的那句话又讲了一遍，说，我不是说了吗？树他爹让山阳县一个朋友叫去了，过年不回来，要上天竺山敬神呢。

公公就说，噢，是这样。婆婆说，敬神好！敬神好！保佑生意兴隆，全家平安。

虽将老人哄过去了，但金秀心里并不安宁，她整天恍恍惚惚，急得要发疯。

2

山金秀娘家不在熊耳山上，而在山下上秦河南岸山乡小集刘家庙。刘家庙没有刘姓人家，却有座古庙，紧倚南坡根。古庙有三间上房、三间厢房、一个门楼，整个建筑五脊六兽，古香古色。庙院东北角有株四人合抱的古皂荚树，枝叶繁茂，庇荫了大半个院子。秋天，满树的皂角成熟了，像挂着一条条小鱼儿，又如栖息着一只只翠鸟儿。这一带女人在河里洗衣服时，都用这皂角使劲在衣服上搓，然后再将搓过的衣服在河水里一冲，就成了一河白花花的流水。

古庙里敬奉的不是佛，不是道，也不是龙王、土地，而是浓眉大眼、三绺须的三国人物刘备，所以俗称刘爷庙，后来叫成了刘家庙，所在的村子和集市也就叫刘家庙。刘家庙非刘姓人家修建，而是山姓人家撑头修的，就是山金秀的先人。

山金秀的先人有文化，读了许多古书，发现三国时期的刘备有一个很大的特点，就是自己看得起自己，面对挫折不低头，屡败屡战。他声明自己是汉高祖刘邦的后代，定要匡复汉室，一统中原。如此这般，形成了一种定势心理，又有仁义条律，必胜无疑。山金秀的先人要自己的后代学习刘备那种“自己行”的精神，便撑头盖了刘家庙，代代敬奉。还真灵验。到了山金秀父亲山崇义，他依旧是刘家庙的名人、富人。山崇义有良田百亩，又开着药铺，办着学馆，他对人仁厚，德高望重，人们称他山先生。山先生一儿一女，都进过学馆。山金秀是山先生的掌上明珠。她自幼聪颖，书读得好，字写得棒，还会画画，山水画、仕女图、山鸡、小狗、小猫……都画得惟妙惟肖。

小金秀养了只小猫，雪绒绒的，十分可爱。她不时给猫洗澡，梳理绒毛，抱在怀里，疼爱有加。她还养了两只白鸽子，让管家用小木板在房檐下为小白鸽搭了个屋。小白鸽飞来飞去，小金秀在院里撒了些小黄米粒儿，小白鸽就来啄食了，非常好玩。小金秀经常捉住一只小白鸽，轻轻抚摸着那柔柔的羽毛，贴着脸蛋亲了又亲。

小金秀就爱猫猫狗狗、小鸽子。

有一次，爹外出回来，竟给她领了个可爱的小人儿。

那是春寒料峭的一天，山先生去麻街赶集，肚子饿了，见街角有一个凉粉摊，一个老头正在卖炒凉粉，香气扑鼻。山先生就买了一碟炒凉粉坐在小凳上吃起来。正吃着，发现不远处站个小男孩，他衣衫褴褛、满头长发、皮包骨头，显然是个可怜的小乞丐。小乞丐脸圆圆的，浓眉大眼，皮肤有些黑，正用极为渴求的眼神瞧着山先生有滋有味吃着的炒凉粉，嘴角都流出了口水。山先生一看心里咯噔一下，动了恻隐之心，便让卖凉粉的矮个老汉又炒了一盘凉粉。他招手叫小乞丐过来吃，小乞丐本想抓过那碟凉粉狼吞虎咽，却又不好意思，透着几分畏怯、羞涩，迟迟不敢上前。卖凉粉的老头便说，看这娃呢，瓷锤！山先生叫你吃凉粉，还不快来！

小乞丐便走上前来，双手接过凉粉碟，拿起筷子大口大口地吃起来……

山先生便问，这是谁家的孩子？

卖凉粉的老头说，他哪有家？天不收，地不管，孤儿，吃百家饭，逢集就来这里混达。

噢，是这样。山先生见小乞丐三口两口吃完了凉粉，就问，吃饱了吗？

小乞丐嗫嚅着，却说，饱啦。

显然，孩子在客气，小小年纪还有礼貌。山先生更喜欢这孩子了，就没有再说什么，从隔壁炸麻花的跟前买了根油炸麻花，又从一个摊贩跟前买了根麻糖。小乞丐哪吃过这些，他吃完麻花、麻糖，还用舌头舔舔嘴唇，脸上渐渐有了红润。

山先生笑问，这回吃饱了吗？

小乞丐用双手拍拍肚子，满意地回答，伯伯，太饱啦！

山先生十分感动，摸着小乞丐的头，心想，小小年纪，这么懂事，叫我伯伯呢，跟自己的孩子一样亲，就说，小人儿，到我家去，行吗？我有个小女儿，叫金秀，你们可以一同玩耍。

小乞丐说，不，我不去。

为啥？

我不玩耍。我是干活的，比如放牛。你家有牛吗？

山先生叹息一声，唉，干活？放牛？我家有牛，大小几头呢。

小乞丐一定见过给别人家放牛的孩子，现在自己分明也有了“工作”，不禁叫道：放牛啰——放牛啰——

山先生把小乞丐领去剃头担子跟前，请师傅给孩子剃了头，跟别的孩子一样，给头顶留了一片圆圆的毛，很漂亮。

山先生又领孩子去街头成衣店给买了一身新棉衣，要孩子穿。孩子很懂事，在这么多人面前脱衣、露出光屁股，岂不害羞？所以他不换。山先生笑了，说，羞啥羞，小小个孩子还嫌羞？他把孩子拉到店主的木炭火炉旁，帮忙换上新衣，小乞丐穿着很好看，分明成了个“财东娃”。

孩子姓熊名铁娃，后来改为铁鹰。

铁娃被山先生领回家。

金秀正和几个伙伴在院里拍毛弹，兴高采烈时，忽见爹进了大门。以前，爹赶集回来，往往会给她逮一只小猫，一只小狗，或是别的什么玩意，可今天，怎么领回个小人儿？还是个男的，额头上留着一撮毛！

山先生见女儿处在迟疑中，就说，秀，我给你领回来个小伙伴，他叫铁娃，比你大一岁，今后就叫他铁娃哥。铁娃，她小你一岁，是妹妹，就叫她金秀吧。

铁娃认生，躲躲闪闪，依偎在山先生跟前，不敢前去。金秀却大方地走上前来，拉住铁娃的手，说，哥，走，拍毛弹去。

铁娃这才去了，接过金秀递给他的毛弹，在地上“啪，啪”地拍起来。一、二、三、四……一直拍了一十三下，是孩童中拍得最多的，引得小伙伴们一片掌声。

小铁娃从此就成了山家的一口人，同小金秀一块玩耍，一块上私塾读书。私塾是山先生自己办的，在院东边一个小院落里，三间上房，三间厢房。师塾先生五十多岁，是五峪川人，走路一跳一跛，但书理深，就被山先生聘请来当了私塾先生。近水楼台先得月，小金秀和哥哥小铁娃就这样早早上学了。他们所学的是“甲子乙丑海中金，丙寅丁卯炉中火……”，是“子鼠丑牛，寅虎卯兔，辰龙巳蛇，午马未羊，申猴酉鸡，戌狗亥猪……”，还有《百家姓》《三字经》，嗣后就学《论语》《中庸》《大学》……当然还写毛笔字，大楷、小楷……铁娃字写得一笔一画，周正，有力，跟他的名字似的，铁一样硬。而金秀所写的字则潇洒、飘逸。真应了那句话，字如其人。

铁娃是合格的大哥哥，对金秀关怀备至。有一次，他们去村外玩耍，突然下雨了，瓢泼一样，小金秀浑身湿透了，吓得直哭，铁娃就忙脱下自己的衣服，让金秀顶在头上，然后背上金秀，冒雨跑回了家。还有一次，铁娃和金秀去街上玩，走过一个场边麦秸堆，那里有一群刨食的鸡，其中有一只大红公鸡，突然翅膀扑啦一下，头上羽毛竖起来，直接向小金秀扑了来，金秀吓得哭喊起来。这事非同小可！那只大公鸡攻击性极强，爱啄人。上次它见了一个老太太，就扑了上去，伸嘴啄，张开翅膀扇，用两只利爪去抓去蹬，疯了一般。老太太招架不住，衣服被撕烂了，手上、脸上都是伤，血流不止，后来被一个小伙救了。

现在，这只大红公鸡扇着翅膀又向小金秀猛地扑了来，可怜的小妹妹受得了吗？小铁娃心里骂道，红公鸡，你是要发疯吗？真是瞎了眼，看我怎么收拾你！铁娃见近旁有根棍子，便捡起来，和发疯的公鸡斗起来。公鸡不服，就向铁娃扑个不休。铁娃愤怒极了，举棍打过去，鸡毛落了一地。那公鸡才知不是铁娃的对手，灰溜溜地逃了。

铁娃在外面得了好吃的，摘了桃、八月炸、软枣等果子，拿回家，先让金秀吃。金秀妈很高兴，说铁娃懂事。

当然，金秀对铁娃也好。每每吃饭，她总让铁娃先吃，吃饱。每每过年，小金秀也总要妈先给铁娃纳新衣，做新帽。

其实，山先生早先从麻街集上把铁娃领回来时，是打算让他做放牛娃的，可是，小铁娃这样聪明、可爱，哪能忍心？就让他上学堂读书，与金秀一视同仁，收为义子。

义子铁娃长大后差点成了山先生的女婿。

金秀和铁娃随着年龄的增长，愈来愈亲，甚至她不见他就想得慌，他不见她就如同丢了魂儿，后来就有了那一次吃丹柿和栗树下的风流事。

这上秦川跟古老商州的其他地方一样，有一种柿子树，粗壮、高大、枝繁叶茂，每到秋天，满树的柿子就变得红艳艳的，晶莹剔透，让人看了垂涎欲滴。刘家庙村后高高的地方有个山洼，名叫灯盏洼，灯盏洼有一块块山田，山田塄上长着一株株柿树，一到成熟季节，就见绿叶丛中有一个个小红灯笼似的丹柿。这一天，吃过早饭，天气很好，金秀心动了，深情地瞧着铁娃，说，哥，你拾掇一下，咱到灯盏洼摘丹柿去。

母亲说，这会有丹柿吗？

林妈说，早有了。

母亲便说，那好，你们摘去。特别是牛心丹柿，红红的，又甜又绵，很好吃。她记起做姑娘时，在娘家，她那个叫山狗的表哥，就给她摘过两个牛心丹柿，几十年后的今天想来，那又甜又绵的鲜味儿分明还在，甚至让人要流口水呢。

铁娃掮着长长的竹夹竿，金秀提着圆圆的竹笼儿，出门从屋后上坡向灯盏洼走去。

灯盏洼第三块地塄上，长有一棵牛腰粗的柿子树，仰头看，绿叶中有一枚枚红丹柿。金秀便喊，呦，快瞧，这么多丹柿！恨不得先咬一口。

铁娃说，别急，我给你夹。

竹竿粗头上，用镰刀削了一个内三角，亦如蛇嘴，从中破一道缝，就成了夹竿。铁娃站在树下地里，将夹竿顺两只手出溜出溜伸上去，对着丹柿枝就要夹丹柿。金秀，你看，我怎样夹丹柿。

金秀仰头盯着那高高的夹竿头。铁娃双手一前一后举着竹夹竿，对准丹柿后边的枝，但等一次没成功，所以，那“蛇头”就是一点一点地逗，终于，咬住那根树枝，夹竿就往前伸一下，夹紧了，再一扭，嘣一声，树枝断了，丹柿离了树，铁娃便将夹竿又出溜出溜收回来，把丹柿伸到金秀面前。金秀伸手取了丹柿，就说，我吃呀。铁娃说，你吃你吃。

金秀吃着丹柿，抹抹嘴巴，说，甜得很啊。

铁娃再夹丹柿时，夹竿头一触及树枝就喊，金秀，快看快看。金秀看着铁娃将蛇头似的夹竿头颤抖抖地往那儿触，哆哆哆，哆哆哆，怎么也夹不住，挑逗似的。忽然，牢牢夹住了树枝，嘣地夹住了。

金秀心早动了，她很喜欢铁娃，铁娃高个头、宽肩膀、浓眉大眼、白牙齿、阔嘴巴，她尤其喜欢铁娃哥那俏皮话和举动。犹如那用夹竿头的挑逗，直逗得人心痒酥酥的，浑身不舒服，恨不得让铁娃紧紧地抱住自己。这偌大的灯盏洼除了鸟飞，寂无一人，金秀什么也不顾了，嗲声嗲气地说，哥，不要夹丹柿了，抱抱我，亲亲我。

铁娃一来到偏僻的灯盏洼，就心花怒放，几乎第一次发现，金秀成熟了，瞧她那臂膀浑圆，胸脯饱满，脸盘大了，眼睛亮了，连独根黑辫儿也粗了、长了，变成了个大姑娘。大姑娘令他疼爱，他一时骚动，想抱住她，亲一口，但不能，只有在夹丹柿时，用隐晦的比喻方式挑逗表达爱意。地块跟前，有两块巨大的石头，相互一挨，给挤在一起，种不成粮食，长满了荒草，还长了一株大栗树。儿时，金秀和铁娃上灯盏洼玩，曾在这儿捉迷藏。而今，两人都长大了。现在金秀大胆地叫他到大石头背后大栗树下去抱她亲她，千载难逢，怎能不去?!铁娃跟金秀来到大石头后，金秀就扑过来，抱住他喊着哥，哥，要哭的样子。接着，两人就坐在荒草丛中，不，是并排睡在荒草丛中，刚睡下后，金秀就翻过身来，骑在铁娃身上，尽情地亲他……

铁娃禁不住了，说，不，不，你叫人……受……受不了了。他推下金秀，让她躺在怀里，头枕在自己的左臂弯上，用右手去摸金秀……到底已是大男大女了，他们终于进入了美妙无比的仙境……

事毕后，她无力了，他也无力了，并排仰躺在荒草丛中，望着蓝天白云，不言不语，只有那树梢头两只花喜鹊仿佛窥见了什么秘密似的，尾巴一翘一翘，喳喳叫。

铁娃坐起来，看着金秀，十分愧疚，悔恨地说，金秀，实在对不起，我一时糊涂，竟干了那事，简直不知咋办？说着带着哭腔。

金秀笑了，你呀，那有啥对不起的？这是瓜熟蒂落，水到渠成，也是缘分，天意。

你高兴，满意？

对，我考虑很久了，我终究是你的人，要嫁给你。

嫁给我？铁娃吃了一惊。

你真是痴货，竟没有看出来。

原来，金秀早就拿定主意，要嫁给铁娃，所以，许多人家上门来求婚，爹妈有同意的，哥嫂也有同意的，但金秀都一一拒绝了。她钟情于铁娃哥，直推到今天，她以夹丹柿为名，同铁娃来到灯盏洼，要表明心意。可谁知，感情像烈火燃烧，似江河冲出堤岸，结果提前摘了仙桃，吃了禁果。

金秀说，我已想过，我家在管家坪不是有一份地，几间房嘛，咱们去那儿安家。除种地外，在那棵银杏树下盖三间房，办所学堂，不光要村上的孩子读书，咱有了孩子长大也要在那儿读书。

铁娃笑了，你想得真周到。那请谁当先生？

金秀说，远在天边，近在眼前。你我当先生呗！夫唱妇随，夫妻先生，岂不传为佳话？

铁娃感动得眼泪都流出来了，忙把金秀抱在怀里，亲了又亲……

3

然而，金秀与铁娃终究没有婚配。

有一天，刚起床，刘家庙街上杂货店的掌柜房田丰就来给金秀提亲了，男方是向木耳……

世界上总有这四个字：忍痛割爱。其实，再忍痛，割爱还是不好受的，一如剜心。将心剜了，血淋淋的，一滴滴滴血，会好受吗？可怜的铁娃，就忍受着这样的痛苦。

那天，当他闻听房掌柜给他心上人金秀保的媒之后，虽然在情理之中，实属必然，可还是眼前乌黑，天旋地转，差点晕倒。他在没人处流泪，随后整整八天时间，他天天起个大早，背着绳，拿上镰刀，捎上扁担，上山砍柴。然后，一担担黑水汗流地担回来，在院角摞了高高一大摞。再然后，铁娃就不见了，失踪了，无影无踪，仿佛世界上从来就没有过他这个人一样。直到第三天下午，家里人才发现铁娃写的两封信，一封信在金秀枕头下，是写给金秀的，另一封信压在家神前的香炉上，是给山先生两口子的。给山先生老两口的信是这样的：

父母大人均鉴：

不孝儿不辞而别，实属不孝，罪过，罪过。请二老见谅！

孩儿永生不忘二老的大恩大德。你们含辛茹苦十一年，养育孩儿长大成人，非常不容易，孩儿对再生父母磕头作揖致谢！

父母大人，孩儿当禀告二老，吾实在压抑不住了，要去做应该做的事。

还有一事，关于妹妹金秀的婚事，吾以为，与向家定亲最佳，不必迟疑。

另，请给哥哥嫂嫂说一声。再者，吾依旧想念侄儿、侄女那两个小孩子。对了，吾还惦念林妈、常叔，他们是好人。

不孝儿铁娃

铁娃写给金秀的信是：

金秀大妹惠鉴：

首先，向你叩首；其次，向你谢罪！

同在一个屋檐下，玩耍、读书、习字，同吃一锅饭，同干一田活，情同手足，恩爱有加，三生有幸，永生不忘！

怪我荒唐，曾干错事，特请原谅。

仔细思忖，你我只能是兄妹，不能有别的关系。其实，我喜欢你，十二万分喜欢，然而，上天不允，成不了夫妻。我的境况太差了，房无一间，地无一垄，吃什么？住什么？你曾说，住在管家坪你家的房里，种地、教学，这话太天真了，实属异想天开。不成啊！不成啊！

可恨苍天，但是，恨苍天有什么用，还得恨人，恨那不是人的人，恶人，坏人，仇人，冤家！一口怒气冲牛斗，要与冤家做对头。

妹妹，秀，我衷心祝愿你，跟向家订婚、成亲。向家家世好，人好，会让你享福的。只要你享了福，我就高兴了。真的。我永远将你搁在心里，这辈子，下辈子！

秀，听话，一心一意嫁到向家去吧！

我走了，不要想我，不要寻找我，我要干我的事。我的事你会看到的，或会听到的。

山先生念完信，缄默不语，老伴却潸然泪下，说，这娃啊，又倔又犟，光人出去，屋里都空了。

金秀看过信，泪流满面。

第二章

4

原本是想要嫁给铁娃哥的，金秀知道，他是不回头的人，可是，自己咋办？做老姑娘吗？显然不行，事到如今，她只有听杂货店掌柜房叔和爹的话，嫁给向木耳。她见过向木耳，高挑个儿，笑嘻嘻的，衣着整齐，连黑布鞋、白布袜也老是干干净净的，跟自己还说过话呢。

向木耳是对面熊耳山人，年轻的煤矿主，人都称他向矿主。向家的煤矿是木耳的爷爷发现的。当时，爷爷向诚实已经五十五岁了，深秋的一天早上，他吆牛在肚脐洼那块地里翻地。肚脐洼在熊耳山南边半山腰里，凹进去偌大一块，远远望去，酷似人的肚脐，所以叫肚脐洼。肚脐洼由下至上，有好几绺山田。向诚实将第二块地翻完就卸了牛，让牛在一旁的坡坡上吃草，他则坐在塄坎上抽旱烟。抽着抽着，无意中他用烟火点燃了塄坎前一堆枯树叶，他烤了会儿火就回家了。牛在继续吃草，因为他吃过饭来，还要套牛犁另一块地。谁知，他正在家里吃饭时，邻家一个小伙失急慌忙跑来说，实叔，实叔，快看去，你家肚脐洼起火了，土着了！向诚实一听觉得奇怪，土咋能着呢？他给家人连招呼都没打，就往肚脐洼跑去了。不看不知道，一看真蹊跷！

原来，那地塄上的土是黑色的，往年就有人把黑土挖回去用它染了白粗布缝衣穿。人们穿的黑棉裤、黑袄就是用这土染的。可谁能知道，这种黑土还能生火呢？向诚实就挖了几担黑土挑回家，老婆用它生火烧锅做起了饭。左邻右舍都跑来看了惊奇地叫道：啊！真是鱼龙变化，黑土都能当柴烧锅！整个熊耳山一下子轰动了。

后来，房殿子一个人跑来看了，才解了谜，说，什么土能烧锅？是炭，煤炭！是上古时的树木埋在地下变的。哈，人家铜川出煤哩，不料咱们熊耳山也出煤呢！

从此以后，熊耳山的煤就出名了，卖到上秦川、南秦川及至商县城周围，人们用它当燃料做饭、打铁。1949 年解放以后，熊耳山的煤得到大量开采，成立了国营熊耳山煤矿，员工多达五百人。与此同时，山下开办了国营金陵寺铁厂、陶瓷厂、炼焦厂、石灰窑、水泥厂，都用上了熊耳山的煤，它为商州经济发展立下了汗马功劳。

肚脐洼的煤让向家发财了，木耳的名字也与煤矿紧密相关。那年秋天，阴雨绵绵，矿主向福有（向诚实之子）从矿洞中察看后出来，蓦然发现一大堆山一样的旧坑木上，长满了木耳，一层又一层，肉茸茸，又黑又黄，透着光亮。民谚说，木耳黑，木耳黄，金银元宝堆满堂。木耳可是宝，矿主向福有顺手摘了两把木耳带回家里，恰巧妻子那天生了个胖嘟嘟的男孩，耳朵大大的，向福有高兴极了，就给孩子取名木耳。

向木耳十八岁的时候，老矿主就把大权交给了儿子。他认为本事都是练出来的，是要经历风雨的，就如没有十二走南阳，刘秀是当不了皇上的。

也是言传身教，耳濡目染，向木耳青出于蓝而胜于蓝，把煤矿管理得井然有序。向木耳是先立业，后成家。立业后的一天，向木耳给父母说，我要娶麦珍，你们不同意，那就算了吧，我再三思忖，就娶山金秀，刘家庙山先生家千金。

父母听了很高兴，说，好啊，那可是大家闺秀，懂文识字，有教养，两只眼睛水灵灵的，走路碎步又迈得好看，真是百里挑一的好姑娘。

木耳笑了，说，瞧你们，把她夸成一朵花，有那么好吗？

母亲说，当然好，人家姑娘就是好。

父亲说，你今天就去刘家庙，请你姨父拿几样礼物去山家上门说媒。

向木耳的姨父叫房田丰，有文化，会说话，颇有威信，在刘家庙街上开了一家杂货铺，人称房掌柜。房掌柜正坐在铺子里抽水烟，听内侄木耳求他去山家说媒，想了想说：山先生跟我话倒可以说，不过……

房掌柜顿住了，显然，有难言之隐。

向木耳说，姨父，你不要有顾虑，有啥就说。

房掌柜正要说时，来了两个买东西的，一个称二斤盐，另一个买几沓火纸。房掌柜做完两宗生意打发顾客走了以后，才给木耳说，听说，金秀跟铁娃青梅竹马，好得很，如今都大了，俩人都有成婚之意。

有一个人那日上山砍柴，透过树林瞧见金秀和铁娃在灯盏洼夹丹柿时，到大石头后面的栗树下去了，那个人买货时讲了那件事。房掌柜听了连忙制止，再不要说了，啥事你都说，让山家人听到了，你……

那人忙说，不说不说。叔，我只顺便给你说说。

房掌柜严肃地叮嘱，再不要胡说了，权当啥都没看见。

因此，房掌柜什么多余的话都没有讲，只给木耳说了他们青梅竹马，有成婚之意。

木耳听了姨父的话以后，说，他们俩成不了，铁娃没打招呼就出去了，山家人为此事闷闷不乐。铁娃是硬家伙，一去不会回来的。他也知道，自己房无一间，地无一垄，哪有条件娶金秀。

姨父听到这儿笑了，问，你真的喜欢金秀？

姨父如父，木耳也不怕他笑话，就坦诚地说，喜欢，真的喜欢。我有时上集，到你家来，多次见过金秀，她的长相，她的个头，她的衣着，她走路的姿势，包括那根扎着红头绳的独辫儿，都让人喜欢，多次做梦都梦见。木耳说着，泪都流出来了。

房掌柜暗自笑了，想，情这东西真奇异，人爱人，爱死人。瞧木耳，多伤心。又想，金秀姑娘就是好，也有福，人都爱她。

这时候，房掌柜的老伴从里间出来了，她已听了木耳的话，就给老伴说，再别磨蹭啦，快收拾去山家，给我木耳说亲去。木耳娃，还是姨亲吧？姨姨怀里比娘亲。

哈哈哈。三人都笑了。

5

木耳和金秀结婚的日子，是场光地净的十月初三。这一天，日头爷红红的，熊耳山金光灿灿。向矿主家大门上贴了红对联，上房门上也贴了红对联，一派喜洋洋的气氛。屋里屋外是人，院里院外是人，男女老少，十分热闹，他们都盼新娘子进门来。

新娘子山金秀坐的是一抬花轿，花轿有轿门，挂门帘，轿檐方方正正，垂吊着流苏，轿顶是高高的金顶。花轿五彩缤纷，以大红为主，非常耀眼。

新郎向木耳则骑了头膘肥体壮的毛驴。向家有八头毛驴……挖出煤后，将大部分装筐让毛驴驮运到铁沟口那块土场上，再出售给买主，目的是不让他们上山走弯路，方便顾客。所以每天就见有人吆一串背有架竹筐的毛驴，从那条山路下来上去，上去下来，形成了一道风景线。向木耳娶媳妇，不坐花轿骑毛驴，出了刘家庙山家的大门，过了小河，进了铁沟，朝熊耳山向家而去。唢呐声声，沿路人都在看，啧啧称羡，多气魄，到底是煤矿主娶亲呢！

关于花轿到门上一对新人如何拜天地、拜父母、夫妻对拜、入洞房以及开席吃菜喝酒等等一切繁文缛节就省略了，只说夜里闹洞房的人走了以后，屋里安静了，母亲便叫阮妈煮熟扁食让一对新人吃了快去睡去。向木耳等全家人都睡了以后，他就掌灯叫上新婚妻子金秀，挪开向家祖先供桌下那个放香表的木箱，箱下有一块上锁的方木板，打开锁子，揭起木板，是一个有台阶的深洞。木耳把金秀领进洞里，金秀“啊”的惊叫了一声。原来洞很大，里面明光闪闪、琳琅满目，尽是金银财宝！

木耳说，这是自我爷爷手里起，直到我父亲手里，一天天、一月月、一年年积累起来的财富，全是由黑煤变成的，从今以后，我就把钥匙和账本交给你，你就是向家的掌柜了。

金秀吓一大跳，啊！我能管得了吗？

木耳说，能，你能。你是大家闺秀，又有文化，能写会算，心地又好，是难得的人才，我早看上了，才请我姨父上你家保媒哩。

金秀见丈夫木耳是诚恳的，忠心的，实在无法推辞，也不能推辞，就答应了，接过钥匙，深深亲了一口，夫君，感谢你对我的信任！说着，眼泪都流出来了。

木耳忙抱住新婚妻子，疼爱地叫道，秀……

谁知，在洞房花烛夜的新炕上，却出了一件不大不小的事！

6

新炕上铺了层麦秸，麦秸上铺了张新苇席，新苇席上铺了棉软的新被褥，一切都是新的。古人说人间有三大幸事，他乡逢知己，金榜题名时，再就是洞房花烛夜。洞房花烛夜是幸事，幸福的事。新郎木耳和新娘金秀躺在炕上，枕着枕头，相互爱抚了一会儿，木耳说，快，快脱衣服，对，我帮你脱，便解起了她的衣扣，急切切地要新婚妻子裸露出那赤条条神秘的胴体来。

金秀却拦挡住了，说，不，不，身上来了月经。

木耳说，不要紧，让我摸摸，看看也行。我真想看你浑身一丝不挂的样子。

金秀用被子掩了掩身子，一副害羞的样子，问道，你爱我吗？

爱，当然爱，十分爱，夜夜做梦都是你。你真好，在上秦川独一无二。

真的？

真的。

金秀把木耳抱住，像对孩子一样，让他把头枕在自己的臂弯里，用另一只手拍着木耳的肩膀，说，我真的那么好吗？

木耳说，真的，情人眼里出西施呗。

一听说“情人”二字，金秀心里吱的一下，针扎一样疼，问，我是你的情人吗？

不。比情人更好，你是我的皇后。木耳说着，就把金秀狠狠亲一口，急切地脱光了她的衣服，在她身上爱怜地抚摸，从上到下，一下一下，当手摸到金秀肚子时，忽然停了，僵住了，这，这……

原来，金秀的肚子里有一个鼓鼓的疙瘩，仿佛偶尔还动一下。木耳心一跳，已意识到那是什么了，禁不住问道，那是什么？怎么回事？

金秀沉默了一会儿，忍不住眼睛湿了，说，我对不起你，你就休我吧，我认了。

木耳为金秀揩干了眼泪，说，我咋能休你？我爱你，才费心费力娶了你。你是我的人，我永远都喜欢你。至于，至于……我知道，你和铁娃青梅竹马，两小无猜。但我没想到，你们已有了孩子。不过事到如今，我认了，将来不论是男是女，能落草到我们向家来，都是我的孩子，我照样疼爱，供他进学堂读书，长大干大事干正事。

金秀听了，万分感动。人说，宰相肚里能撑船，可我没有见过。如果宰相肚里真的能撑船，那么，我男人更是宰相中的宰相了。金秀感激木耳，抱住他，紧紧地……

木耳宽慰金秀说，你别在意，更别自责，什么事都是世上的。更何况，俗话说，金无足赤，人无完人。我没有来得及给你说，我还有个男孩子呢。

金秀异常惊讶，问，你还有个男孩？

向木耳家屋后有条砭路，东边直通卢耙。卢耙这地方是一条山沟的顶部，比较开阔，住着二十多户人家，都姓卢。卢姓中有户人家，主人叫卢天盛，较富裕，光牛就养了十头，除留下耕地的牛外，其他的都卖出去，每年仅此一项就收入不少呢。但他的牛不雇人放牧，而要让老婆和女儿放。卢天盛的女儿有一个好听的名字：麦珍。麦珍早上和后晌放牛时，手里都拿着针线活，要么纳鞋底，要么纳袜底。牛儿吃草，麦珍做活，两不误。坡场大，就在卢耙后边的山窝里，芳草萋萋。

麦珍每天放牧时总能看见一个放牧的半大小子，高挑个儿，笑眯眯的，有一天他俩搭了话，麦珍才知道他是向矿主的儿子，名叫木耳，父亲对他要求很严，不光放牛，小小年纪还下过矿洞。有一次，麦珍的牛跑到一块地边要吃庄稼，被木耳赶走了。麦珍也为木耳赶过牛。一来二往，二人都彼此产生好感，进而有了深深的感情，有一天，就偷吃了禁果。那是正月十三，上竹园逢庙会，晚上唱一本爱情戏《西厢记》。木耳去看了，麦珍也去看了。戏散返回时，走在弯弯的山路上，木耳担心麦珍跌跤，就拉住她的手，走啊走。走到山凹栎树下，两人都不走了，站在那儿，紧紧拥抱。他们靠着树，漂洋过海，驾雾腾云，尝试了男女间的甜蜜。麦珍说，我成你的人了。木耳说，我也成你的人了。可最终他们谁也没成谁的人，因为双方大人之间有芥蒂。麦珍肚子日渐隆起，就在父母之命下，很快嫁给了北沟（后来叫石灰窑）一个叫闫侃柱的人。为此麦珍暗地流了多少泪，木耳也暗地流了不少泪。

7

可惜，麦珍命运不济，只因怀孕出嫁，遭了丈夫侃柱和婆婆不少辱骂，孩子出生后，丈夫和婆婆又骂孩子是野种，死了早好。麦珍的妈是个善心人，说孩子可怜，就在孩子八个月的时候，把孩子抱回自己家，用面糊糊喂养。

孩子去了，麦珍的奶胀得疼，又因为想孩子，总是哭。婆婆见了就骂，不要脸的还哭啥？她叫儿子用碗挤了奶水自己喝，叫儿子侃柱也喝。麦珍的泪往肚里咽，不知何日是个头。可“头”终是到了，麦珍也遭了横祸。

这年秋天，也真怪，下了整整四十天雨，遍地起水，大小沟道里哗哗流，河里水满堤满沿，悠悠淌去，人当然过不去，只有望河兴叹了。连阴雨下个不停，没有啥吃的，婆婆舍不得让儿子侃柱冒雨外出，就恶狠狠地指使儿媳说，眼睛瞎了？不看家里有啥吃没啥吃，还不去南洼搜腾些北瓜、豆角回来熬着吃。

麦珍只好提上笼，穿上蓑衣，冒雨往南洼地里去了。好容易摘了半笼北瓜、豆角回来，却被眼前的景象惊呆了，原来因为满坡松软，所以屋后山包坍塌，泥石流冲下来，把三间房整个儿埋在深处，侃柱和他妈早已命丧黄泉。正在麦珍发呆的时候，不料一块石头滚下来，恰巧砸在她的腿上，从此，她就成了跛子，干不了重活。

天气放晴后，多亏邻人帮忙，在东洼一块平坦处搭了个麦草棚，麦珍就把儿子栋树接回来，母子俩相依为命。虽没有了刁婆婆和侃柱的虐待，可日子仍不好过，麦珍的命真苦！

金秀听了问，你没有管过那母子俩？

我咋管？

唉，心瓷呀！金秀叹息一声，眼眶溢满了泪。

婚后不久，一天早上，金秀拿了香，来到煤洞口，要敬煤矿爷。在煤洞口一侧，盖有一间庙，进庙门一看，颇为奇异，靠后墙有个小庙，庙门很小，不到一尺，人进不去，却置有一尊神像，黑脸，戴顶柳条帽，掮一把镐，一副挖煤人模样。这就是煤矿爷，是木耳的爷爷按他的想象盖的庙，塑的像，每天敬奉，以求平安。到木耳手里，觉得庙太小了，但拆了旧庙又不好，就在外边盖了大庙，庙套庙，成了一景。

金秀跪在神像前，烧香焚表，念念有词：矿爷在上，受金秀一拜，小金秀甚也不懂，请保佑，保佑矿上平安，多挖煤，挖好煤。

金秀敬过矿爷，进煤洞看去了。她想，丈夫将大权交给了自己，自己就是名正言顺的矿主，对矿上的事岂能不管？矿洞很深、很黑，借着矿灯微弱的光，才能看见那恶劣环境下的煤。女矿主想，家里那么多金银财宝，就是从这黑煤中挖出来的吗？她想，挖煤人真不容易呀，比下地干活的长工还苦。长工能晒日光，能呼吸新鲜空气，在野地里干活还算自由，可在这矿洞里呢？女矿主对矿中的人说，我今天看了你们在这里的劳作，非常感动，我决定实施四项措施：一、注意安全，为此专门配备一个安全员，负责观察洞的动向，比如积水情况等等；二、注意休息，挖一会，休息一会，换着挖，实行人停工具不停；三、适当增加一些工钱；四、对热爱挖煤、设法多出煤者奖赏，对投机取巧不出力者扣工钱，或者辞退。

金秀还把这四条写出来，贴在众人睡觉工房门外的墙上，表示说到做到，给下苦人吃了定心丸。

有一天女矿主去矿上没回来，所有人都担心：金秀怎么了？

直到吃午饭的时候，金秀领回个年轻的跛脚女人和一个大约两岁的小男孩。

原来，自洞房花烛夜，木耳讲了他还有个孩子，讲了和麦珍的恋情，尤其讲了麦珍在闫家所遭受的屈辱和虐待以及天祸后母子俩过的恓惶日子，金秀心就折腾得不行，她想麦珍娘俩不应该那么可怜啊，如果不是大人之间的芥蒂，她嫁到向家来，就不会有后来的恓惶。她决定把他们娘俩接进家来。

一家人见金秀接回了那娘俩，都十分诧异。木耳先说，你这闹什么笑话？金秀说，怎么是笑话？我接他娘俩来是让吃几顿饱饭，穿几件没补丁的衣裳。一家人这才发现，麦珍衣衫褴褛，皮包骨头，小男孩一如瘦猴，也真是可怜。木耳问，你领回他娘俩算是啥关系！金秀说，这还用问，事到如今，麦珍是我姐姐，我们是干姊妹，小孩栎树，叫我妈，是我的干儿子。

一家人包括父母、木耳，还有佣人阮妈，都觉得金秀善良、大度，他们非常感动，从此，栎树娘俩就成了向家人。

8

不久，金秀还成全了一桩好姻缘。

那是一天早饭以后，金秀正在账房做账，外边传话有人要见她。

进来的是一位姑娘，个头高挑，瓜子脸，长辫辫，有一对水灵灵的眼睛，是个很漂亮的姑娘。姑娘见账房无别人，就对金秀直截了当说，姐姐，我是专来看你的。

看我？看我什么？有什么好看的？你是哪里人？金秀问。

姑娘说，我叫芳芳，十七岁，家住窨峪川垴刘家湾，铁娃是我三姨的儿子。我妈说，姨姨比娘亲，把芳芳嫁给你。我也同意，铁娃哥脸不白，可英俊。谁知，铁娃哥谢绝了，他说，我有媳妇了。我妈问，你媳妇在哪？他说，在熊耳山，叫山金秀，是我义父山先生的女儿，她嫁给了熊耳山煤矿矿主向木耳。我妈一听害怕了，她嫁了人，咋能说是你媳妇？铁娃说，她嫁到我心里了，是我心里人。

我就纳闷了，山金秀到底是多好的人，都是嫁到熊铁娃心里的媳妇了？我就翻山越岭跑来看你了。不看不知道，一看吓一跳。你果真好，天仙一样好看，心也好。

金秀一听，心里真像打翻了五味瓶子。她本想问铁娃哥的状况，但忍住了，问那干啥？金秀安排芳芳住下，歇几天再走。但芳芳说，我不走了，我离不开你，你就安排我进洞挖煤吧。

金秀笑了，说，瓜妹子呀，你咋能进洞挖煤？你是姑娘！

芳芳说，我啥都能干。

金秀说，啥都能干我也不能叫你挖煤。那好吧，你就给挖煤人做饭吧。

灶房在工棚东隔壁，离矿洞不远。芳芳在灶房以后，挖煤人齐声叫好，说芳芳蒸的白馍喧腾，菜炒得香，连烧的米汤也黏，好喝。可隔了些日子，就有人对芳芳很有意见，有人跑来给女矿主亲自说，快换了她吧！

为啥？

她与春生偷着亲嘴呢！

春生是鸡山那边人，早先，他爹就给向家挖煤，不料，有一年，挖煤时，一个煤块掉下来，把人砸死了。为此，煤矿给死者家里赔了一批银子。谁知，死者的妻子却是个黑心人(世上总有黑心人！)，她拿了人命换的银子，卖了仅有的两间草房、五分坡地跑得无影无踪，连独生子春生也不管。就这样，向家把春生一直养大。如今，春生已经十九岁了。一天从矿洞出来洗过澡，吃饭时看见芳芳，眼都放光了。芳芳也是情窦初开，见了春生心也开了花。一次开饭前，春生就到灶房来了，两人一见面，情不自禁地抱在一起，亲起了嘴。恰巧让来吃饭的人看见了，吃饭的人嘴里都呸呸呸呸，说那俩把他们秽了，就反映给了女矿主。

女矿主金秀一听笑了，想起她和铁娃哥在灯盏洼夹丹柿时在栗树下干的事，联想到当初丈夫木耳和麦珍晚上看戏回来在栎树下的事，就给来人解释说，男女相爱是人之常情，古往今来有之。我们应当高兴，应当支持他们。至于说什么秽，那纯属旧传统、旧思想。

不久，金秀主持在柏树林畔盖了三间房赠给春生，成全了春生和芳芳的婚事。办喜事的那日，矿上放了假，人们酒喝多了，见了春生和芳芳便想起那天在灶上看见的稀奇，就喊道：

亲嘴！亲嘴！

第三章

9

其实，金秀和木耳成亲后，办了很多好事……

这天晚上，在账房，金秀给丈夫报过账后，说了一段挺富有哲理的话。

金秀说，比如你我，肚子有多大？每人一顿吃十碗饭行不行？哈哈，显然吃不了。十碗饭，五个人吃，当然就吃下了。那么，一人一顿吃不了十碗饭，何不分给众人吃？只留自己一个人吃，岂不留馊了？即使不馊，别人饿着肚子，不抢着吃才怪呢。与其让别人抢，还不如早早分了吃，让大家都喜欢。

金秀说，再多的财产，都是众人用血汗换来的，靠一个人不行，正如一个人一顿吃不了十碗饭，是一个道理。富都是众人用血汗堆积起来的。某一个或少数人富，永远富，行吗？显然不可能。众人或天意会用这样或那样的办法把某人的富抖出去，甚至给某些富人降临灭顶之灾。

金秀说，比如咱家，人都说，向矿主家，多富啊！是的，是富，有那么多金银财宝，还不富吗？可平心而论，那些金银财宝，是有爷爷、父亲，甚至包括你木耳三代人的心血。但是，没有那一辈辈成百上千挖煤人的苦劳和功劳，行吗？可以这样说，咱向家的富有，也是众人的富有，那么，就当拿出“你为众人保管的那部分富有”来，办些善事。

木耳听了金秀这长长的一席话，茅塞顿开，握住妻子的手，感慨万千地说，你的话，我明白了！明白了！我这才知道，我们向家没文化，愚鲁，只图发财，不知发财以后怎么办，只知道一个劲儿往那地洞里塞财宝，塞财宝，结果还不是没有用，还不跟石头一样！

金秀笑着说，不仅像石头，还是灾祸。金秀说，跟任何一家的财宝一样，不管你藏到双墙里、地窖里，或者是什么最隐秘的地方，众人都看得见，都知道，众人心里都有一杆秤。众人如果急需用那财宝，你给不给？不给就夺，就抢，寡不敌众，结果会是什么，还用想吗！

木耳说，照你这样一说，还真让人害怕呢。

害怕什么？取之于民，用之于民嘛。为众人多办好事，谁不拥护？

木耳亲了金秀一口，十分崇敬、爱怜，两人取得了共识，但等行动。

金秀笑了。她明亮的眼睛瞧着丈夫木耳说道，是的，行动。

在熊耳山北麓，凸现出一个山包，上面长着一棵爬腰拄拐的老栎树，人们把这地方叫喊话台，有什么重要事就站在这儿喊。当时户籍制度是十户一甲，头儿叫甲首。而熊耳山住户星散，管理不便，就几十户为一甲，有甚事便由甲首负责。这一日下午，甲首拿着一个一头大一头小的硬纸筒儿，站在喊话台上，将硬纸筒儿（也叫喊话筒或扬声筒）小头搭在嘴巴上，昂首挺胸地喊道：

喂——各家各户注意啰——吃过夜饭，都到向家商量话呢，特别重要，一户一人，必须到场。

此话整整喊了五遍，足见重要。

天渐渐黑了，商量话的人陆陆续续往向家赶了来。

人到齐了，满院都是人。一根平放的圆木上坐得满满当当。甲首就借着油灯站在众人面前讲话。甲首中等个，身穿黑棉袄棉裤，裤腿扎着白缠子，脚穿麻鞋，完全是庄稼人打扮。其实他本来就是庄稼人，当了甲首后，既不耀武扬威，也不骑在谁头上拉屎，他干这事没有报酬，全是义务，所以威信也高。

甲首讲话了，满院静悄悄的，一个个洗耳恭听。甲首说，今天有一件事，是最好最好的事。是啥事呢？我若不说，众人咋猜也不会猜着。其实，乍一听连我都不相信。可是不相信不行啊，因为是真事。啥真事呢？是要各家各户旱涝保丰收的大事，是人人都会吃饱饭的事。所以……

有人听得不耐烦了，便叫了起来：

甲首伯啊，究竟是啥事吗？你快说呀！把人急死了！

甲首第一次发脾气了，高声说，急啥急？心急吃不了热豆腐，心急锅不煎！应说时就说，不说叫各家各户来干啥？商量啥话？好事是个啥？对，我现在讲了，好事有两件：第一，栽树！第二，修地！

哈哈哈，有人笑了，说树好好长着呢，栽啥？地好好种着呢，修啥？

甲首说，没有长好的（树），也没种好的（地），所以，要栽（树），要修（地）。把树栽稠，栽密，满山一片绿，要成为绿的世界，绿的海洋。把地修好，砌上石练，让一块块地都平展展的，下雨不怕土跟水流走，天旱有墒口，比川道里的地还好，长好庄稼，让家家柜里粮食顶盖满，都过好日子，让川道的大姑娘都来咱熊耳山做媳妇。

好啊！好啊！众人一声吼，有人还拍起了手，啪啪啪！啪啪啪！

恰在这当儿，有人提出了异议，说，栽树、修地都不是空话，都需要银子，可哪里有？

甲首说，有啊！

你有吗？

我倒没有。

你没有，朝廷有，朝廷给吗？

显然，朝廷不会给，那么……

场面一下冷起来了，无一人说话。谁都知道，银子是个硬头货，一分钱难倒英雄汉。现在要大量栽树大量修地，银子从哪里来？

是啊，银子从哪里来？

甲首正要讲话时，灯焰忽啦一闪，站起两个人，一男一女。女的说，银子我们出，我们家里决定了，给甲首说了，就请众人来商量此事。男的说，是，是。

甲首说，就是这事。

这一男一女，男的是向木耳，女的是山金秀。见矿主要拿出银子资助他们栽树、修地，家家受益，大伙一个个感恩戴德，都说，担待不起，让矿主破费了。矿主向木耳和山金秀异口同声说，应该的！应该的！谁让咱们同是熊耳山人呢！

那会儿修的地，如今还能看见不少石练，不过都已爬满了苔藓，如同文物一般。至于所栽的树，子子孙孙早已成林，确实成了“绿的世界”“绿的海洋”。而女矿主山金秀亲手所栽的那棵国槐，如今还屹立在东窑去卢耙的那条路边，一到夏天，青枝绿叶。

10

刘家庙村前是一条河，叫上秦河。当时水大，日夜哗哗流淌，人们要到北岸去，极为不便。金秀儿时目睹了这样一件事：

深秋，天气较冷，河边都落满了白的霜花，但没有桥。一位老太太从北边要去刘家庙女儿家，却过不了河。等了半天，来了个半大小子，十三四岁，说，奶奶让我背你过河。老太太说，我身重，你怕背不动。半大小子说，没事没事，我能背动。边说边就脱掉鞋，挽起棉裤，弯腰背老太太过河了。老太太确实重，半大小子一步一步把老太太背到河心，突然脚下一滑，跌倒了，一时爬不起来，挡住了河水，河水就从他们身上淌过……半大小子全身湿了，老太太也全身湿了。棉裤棉袄一湿，愈加沉重，两人费了很大的劲才爬出河面，他们瘫在河滩上，浑身瑟瑟发抖，上下牙齿哆嗦打架。后来，老太太的女婿的过来才把两人救回家。

年幼的小金秀看了这一幕，恨自己无力，如果有力，给河上修座桥多好。直到十多年后，金秀成了矿主，有了钱，就给木耳讲了，出银子在那河上修了一座桥。桥是用石块箍的，一南一北两个孔，三尺宽，石拱桥。给桥命名时，有人说叫爱心桥，有人说叫金秀桥，金秀一锤定音，说叫娘家桥。金秀说，女人和娘家最亲，一提娘家，她心都颤动了。金秀便用毛笔写了“娘家桥”三个字，请人镌刻在石板上，镶嵌在桥的两孔中间朝东的一面。据说，这块“娘家桥”的石刻至今还珍存在县博物馆里。

后来“娘家桥”演绎成一则优美的民间故事，在当地广为流传。某年，县文化馆要编一本本县民间故事集，当地文化站同志就将《娘家桥》整理送上，收载于集子里，得到很好的评价。

从刘家庙前的上秦河逆上，大约行十里路，有一个地方叫管家坪。管家坪许多人家都姓管，与中国诺贝尔文学奖获得者莫言同姓，不知山东高密的管家早先是从商州管家坪迁去的，还是商州管家坪的管家早先是从山东高密迁来的，或是两户管家当初从山西大槐树下迁走时就一东一西分道扬镳了，无从考证，此处不提。

明万历年间管家坪有刘家庙山先生家一份地、几间房，租给了别人，所以金秀给她的初恋的铁娃说，咱成亲后去管家坪住，一边种地，一边在银杏树下盖房开学馆。多美好的憧憬。然而，亲未成，计划也就破灭了，但是，金秀没有忘记管家坪，没有忘记古银杏树。因此，有一天吃过早饭，金秀把矿上事安排了一番，把儿子们托付给麦珍姐管，就叫上丈夫木耳到管家坪去了。

金秀和木耳来到管家坪，来到了古银杏树下。仰头看，满树银杏叶金黄一片，新鲜、美丽。地上已落了几片，金秀便捡将起来，搭在鼻端嗅嗅，啊地叫了一声。原来银杏叶散发出一股浓郁的馨香，沁人肺腑，太好了！金秀知道，银杏叶是一种上好的药，倘若人头痛眩晕，胸闷气短，甚至肢体麻木，只要泡上银杏叶当茶喝，就会痊愈。所以，人们说，古银杏树是神树，每逢初一十五，就有人来给神树磕头烧香，挂红布。金秀也相信古银杏树是神树，她同丈夫把村里的甲首管安仁找来，勘察一番，然后在古银杏树下盖了三间小庙，把一个孤寡老头安排在里边，平时敬神（实为保护树），秋天给捡树叶和白果的人烧开水喝。每到秋天，捡树叶、捡白果的人络绎不绝。于是，关于神树古银杏的事就有了一串串有趣的故事，传得好远好远，前来捡银杏叶和白果的人愈来愈多。后来，金秀索性成立了一个神树会，定在八月十六，一共三天。那三天时间，唱大戏，卖小吃的成行，好热闹，活跃了一方文化和经济。管家坪的人都说，还是咱金秀好！

金秀有了钱，就很喜欢办公益事业。而修葺金陵寺，则又是一例。

四山环绕，龙盘虎踞，坐北向南。风水宝地上，建有一座寺院，就是大名鼎鼎的金陵寺。

相传金陵寺是大明开国皇帝朱元璋的叔叔所建。朱元璋的叔叔费尽万般辛劳，甚至提上脑袋，帮朱元璋打下江山，坐了皇位。叔叔满以为侄子会对天下百姓疾苦操心，不料，朱元璋三宫六院，嫔妃成群，灯红酒绿，与当初造反时的承诺天壤之别。他气坏了，在心里骂道，什么东西！

朱元璋的叔叔是有志向的，就在神不知鬼不觉中顺长江而上，顺汉江而上，顺丹江而上，经过商鞅封地四皓隐居之处商县，最后来到上秦川定居下来。他建了一座寺院，因他不忘那金陵（南京），就给此寺取名金陵寺。嗣后，金陵寺愈加驰名，连此方水土都叫了金陵寺，更不要说什么金陵寺煤矿、金陵寺公社、金陵寺镇……

儿时，小金秀就去过金陵寺拜佛，看热闹，金陵寺深深留在她心中。前不久，她听人说，金陵寺后檐有几处朽坏了，她去看了，连瓦都掉在地上，摔碎了，非常可惜。女矿主金秀支出银子，托和尚师父找匠人把古庙修葺一番。此举将老和尚感动了，双手合十念说：

阿弥陀佛！阿弥陀佛！

金秀还为乡里办了许多实事、好事，如修路、办学馆（房是租用的）等等，众口皆碑。

当然，办这些事，金秀都是和丈夫木耳商量了的，征得了木耳的同意。金秀认为，丈夫虽将经济大权交给了自己，但实权还应在丈夫手里，她不能大权独揽，更不能夺权，合伙办事，夺权了还了得？其实，历史上夺权者还少吗？若被人识破了，有几个有好下场的？她和木耳在矿上的关系，用当代的话说，就是董事长与总经理的关系。丈夫是董事长，她是总经理。

事业正在兴旺发达时，向木耳却失踪了！

第四章

11

向木耳失踪以后，熊耳山人议论纷纷，莫衷一是。正月初一这一天，人们敬过神，放过鞭炮，吃过饺子，雾散了，日头红红的，就听人喊：

都快来看啊，来听啊，麻子婆通说啦……

麻子婆高个儿，宽肩膀，腿长、胳膊长，满脸麻子，独身。因为老汉死了，三个儿子都死了，又没女儿，就她一个人过日子。用当地群众的话说，麻子婆很歪，惹不起。有一回，她家的几条豇豆让人摘了，她就在场塄上骂，吃了饭骂，睡一觉起来骂，整整骂了三天三夜。又一回，两个小伙在十字路口碰见了她，一个说，瞧，麻子婆过来了。另一个说，是啊，麻子婆还提个笼。不料，“麻子婆”三个字让麻子婆听见了，可不行了，她指头一伸，扬声就骂，你妈的×，谁是“麻子婆”？“麻子”是你们说的吗？边骂边往前扑，一副非闹个你死我活不可的架势。那两个小伙也很明智，知道跟麻子婆纠缠在一起没有好处，就忙转身一溜烟跑了。

现在麻子婆在通说？什么是通说？

乡人说，通说是某个冤鬼，有冤无处申，就将魂灵附在某人身上，通过此人诉说自己的冤情。

那么，麻子婆这个歪婆子，通说什么？

屋子里挤满了人，有坐着的、站着的。正堂椅子上，坐着麻子老太太，拿一根木条，吧吧吧，在方桌上抽得直响，嘴里扬声讲道：

我是谁？告诉你们吧，我是向木耳！我向木耳被人害死了，成了冤鬼！你们知不知道？是怎么害死的？那天，腊月二十八那一天，我到刘家庙赶集去，回来天黑了，走到小渠那儿，身后猛地扑上来个人，拿一条短麻绳，拴在我的脖子上，朝后一拉，我仰面倒了，脑勺磕在一块石头上，半死不活，晕了过去。可那人还不放过，硬用绳把我勒死了。勒死以后，把尸体拖到渠里头，用枯树叶盖了。

害死我的这个人，心黑了，坏透了，不得好死，逃不了天的惩罚。这个坏种，是杀人凶手！要严惩凶手。麻子婆怒斥到这里，用树条又狠劲地在方桌上抽打。

一听说要惩罚凶手，人们就“轰”的一声，都吓跑了。

麻子婆通说以后，浑身像棍排着打了一样，没有了一点力气，上炕蒙上被子就睡，一直睡到第二天正月初二的日偏西。

麻子婆通说的是真的吗？有人说那是胡说八道，哪有这样的事？是疯人说梦。

山金秀也是半信半疑，但也是有病乱投医吧，她就给春生他们说，你们去小渠看看，是不是……

春生几个人去小渠看了，一堆枯叶下，果然掩盖着向木耳的尸体，脖子上还勒着一条短麻绳……

12

丈夫遇害了，金秀悲痛欲绝，跪在木耳遗体前哭得死去活来，掌柜的啊，你走了，家里老的老，小的小，咋办呀？

一窝孩子，栎树、栗树、二树、三树，跪在妈妈跟前，哭成了蛋蛋。

公公向福有和婆婆向田氏是白发人送黑发人，眼泪往肚里流，伤心至极。但见金秀那样哭天哭地，着实害怕了，心想，儿子已去，仰躺在堂屋停尸板上再也不说话了，儿媳万一再有个三长两短，如何是好！真让天塌下来吗？啊，啊，不能啊！不能啊！

公公向福有说，金秀，东方不亮西方亮，天是塌不下来的。再说，留得青山在，不怕没柴烧。这一堆娃，还有咱家的矿，都需要你啊！你要顶住。

婆婆向田氏说，金秀啊，你是明白娃，听你爹的，咱不怕。

这时，卢麦珍一跳一跛地拨开人群，走上前来，拉住金秀手，哭道，妹子，栎树他干爹走了没办法，你总不能……我和栎树全靠你了啊！

众人也劝金秀想开些……

金秀想了想，心里拿定了主意，是呀，他走了，我也去吗？不，不。我还有许多许多事：娃们要我管，老人要我管，麦珍姐要我管，尤其要把煤矿管好，供多少人烧锅用，打铁用……

金秀对公公、婆婆、麦珍说，你们的话，我记住了。咱都要好好活。再说，能让害死木耳的凶手，逍遥法外吗？

是啊！是啊！

金秀揩干泪水，带领一帮孩子站在丈夫木耳遗体前，磕头，心里说，我要为你办一个隆重、体面的葬礼……

向木耳的葬礼非常隆重、体面，整整七天。

向家场院很大，搭了灵棚，盘了长长一行锅灶，炊烟袅袅。请了吹鼓手，别人家一般是四人或六人，向家是十二人，是从县城请来的。县城有两家唢呐队，东街一家，西街一家。东街的叫东房子，西街的叫西房子。东西房子都来了，足见向矿主葬礼隆重。

金秀披麻戴孝，子女们虽年幼，也披麻戴孝。麦珍也想披麻戴孝的，但她想，那样会使金秀脸上过不去，金秀收留自己娘儿俩就很厚道了，自己毕竟名不正，言不顺，跟木耳没有明媒正娶，终究不算夫妻。所以，她只戴了顶孝帽，围了条白腰带。

许多人都为木耳戴了孝。木耳是多好的人啊，不光为熊耳山人办了许多好事，为周围、为上秦川人也办了许多好事啊！所以孝子在院里院外、山路上、墓地里，白花花一片。

铁鹰来了，铁鹰队的人都吊唁来了。向矿主太好了，为铁鹰队修了路，盖了房，铁鹰哭了，哥啊，你是多好的人啊，还修了月老庙……

木耳的墓修得高大、雄伟，很气魄，表示了金秀对丈夫木耳的情真意切，铭镂于心，念念不忘。木耳对我多信任啊，新婚之夜，就把大权交给我，又生了两个儿子。啊，啊……在木耳的棺椁下葬时，金秀哭得死去活来……

13

将丈夫安葬了，屋里空落落的，金秀心里也空落落的。但日子终究还要过啊。她打起精神，把春生叫来说，你有才干，心肠也好，就把矿交给你打理吧。正月十五已过，该开工了。你知道，我心力交瘁，又有事要干，顾不过来。

春生流着眼泪，说，嫂子姐，你放心。你和我哥（木耳）对我那么好，我春生一辈子都报不完你们的恩情。

嫂子姐，你保重。把“嫂子”和“姐”重叠在一起，表明了春生懂事，知恩图报，对金秀的尊敬。

接下来，最重要的事，就是寻找杀害向木耳的凶手。

金秀虽然已向衙门报了案，衙门也派人来验了尸，但她知道，衙门事情多，拖到牛年马月也说不清，所以就自己着手寻找线索了。

金秀提了几样礼物，一早就到麻子婆家去了。她说，六婆，年过得好啊！我给你拜个晚年！

麻子婆才起来，刚扫了地，见金秀提个礼笼进了门，就忙打招呼说，木耳家的……“木耳”一出口，她就知道说错了，木耳不在了，还提木耳，真是的，哪壶不开提哪壶，就忙伸手捂了嘴巴。

金秀是机灵人，忙说，六婆，没有啥，我正是为木耳的事来的。

麻子婆把金秀让到灶口，生了火，忙说，快烤，快烤。

金秀坐在木墩上伸双手烤着火，问六婆，初一那天，你（通）说得那么准，让我们把木耳的尸体找到了。可你当时没说凶手是谁呀？

麻子婆说，不知道，不知道，一点都不知道。连我当时说啥都记不清了。

真的吗？

真的。好娃哩，六婆能哄我娃吗？啥都记不得！

壳儿卡了，线断了，怎么办？

金秀便写了一张布告，贴在十字路口，人常去的地方，连刘家庙、金陵寺、管家坪也贴了，其内容是，某月某日，向木耳去刘家庙赶集，返回时天已晚，被人杀死在小渠……倘若有人提供凶手的线索，将重赏，等等。

布告张贴五天了，没有消息；十天了，没有消息；直到第二十五天晚上，金秀在账房听春生讲最近矿上的情况时，来了一个人。此人矮个儿，眼睛里放出一种阴光。他叫乔侃囤，其母从乔湾改嫁来熊耳山，带侃囤进了向木耳门中一个叔父家，所以侃囤叫木耳为哥，叫金秀为嫂。正说话当中，侃囤来了。嫂、嫂……侃囤见春生在当面，不好说，连声音都颤抖了，嫂、嫂……

金秀对春生说，你说的矿上的主意很好，就按你的办，便把春生支走了。春生走了以后，金秀便叫侃囤坐下，问身体好些了吗？

听说侃囤患了重感冒，高烧不止，睡了一整月，连安葬木耳那些天也没去，只是让媳妇去帮忙。侃囤见金秀嫂问他身体，眼睛却湿了，说好多了。接着，他哇的一声哭道：木耳哥，好可怜啊，走得惨啊，这一大家人，老的老，小的小……

金秀劝他说，你别哭，事到这一步，也没有办法。

侃囤说，一定要抓住凶手！抓住凶手！

金秀说，难抓啊。布告都贴出快一个月了，也没有消息。

侃囤看着左右无人，便大着胆子小声说，别人没有那么大的胆，是熊铁鹰无疑。

熊铁鹰？

山金秀暗吃一惊！

乔侃囤说，嫂子，你别瓜了，谁不知道，谁不说？熊铁娃一心要娶你，可因家穷，你让我木耳哥娶了，他一直怀恨在心。那天他来吊唁还哭，那是猫哭耗子假慈悲。

真的吗？金秀说。

肯定是！人都这样说。

好好想想，先不要声张，金秀说。

是的，是的。侃囤说。

第五章

14

熊铁娃自从离开义父山先生的家以后，好长时间没有声息。

熊铁娃去哪儿了？

熊铁娃回到了他的出生地——熊家湾。熊家湾距刘家庙很远，一百多里，在刘家庙西边，窨峪川顶端。熊铁娃重返熊家湾，与他舅史正龙有关。史正龙家住麻街史家沟，是编筐箩簸箕的，用柳条编器物的那种手艺人，叫编织匠。编织匠史正龙的姐夫熊刚锭刚直不阿，想啥说啥。他们熊家湾有个富户叫熊佩奎，蛮横霸道、欺压百姓、无恶不作，村人敢怒不敢言。可熊刚锭却不怕，他说，花开能有几日红？他熊佩奎孽造尽了，迟早会被天打五雷轰，非绝根不可！谁知，这话传到了熊佩奎的耳朵里，可不得了了，他骂道，熊刚锭臭小子，你叫老子绝根，老子先要你灭门！

熊佩奎有权有势，是杀人不眨眼的刽子手，他说到做到，就纠集一伙狐朋狗党，趁端午节一早熊钢绽一家人正吃粽子时扑进门来，把熊刚锭两口子，还有大儿子大文、女儿菊娃四口人杀了。熊佩奎这才发现，怎么不见熊刚锭的小儿子小文呢？就四处寻找，要斩草除根。直到黄昏，发现后沟水泉边有一个娃的胳膊，他以为小文被狼吃了。那时狼特别多，吃娃的事常常发生。其实，小文没有被狼吃，那娃胳膊不知是哪里的娃叫狼吃了把胳膊剩在水泉边了。看来狼是渴了撂下娃胳膊喝饱水就走了。

熊佩奎见把对头一家杀死了，连小杂种也叫狼吃了，真是痛快！他就给他的弟兄们每人发了五十两银子，犒劳了一顿，好不乐哉！

那么，小文到哪儿去了？

端午节前几天，小文到他舅史正龙家去了。

史正龙得知姐夫一家遇害的事以后，就给小文改名铁娃，让王河山里一个无儿的熟人收养了，他暗地里照顾。无奈那个熟人家贫，铁娃就要饭，逢麻街集就去混吃。那日，在麻街集上被好心人山先生领回，做了义子。史正龙打听到小外甥的下落，就带上家什来上秦川，到刘家庙，给人编筐箩、簸箕，为的是暗地照看可怜的小外甥。编织匠就宿在山先生的后院闲房里，舅舅高兴，小外甥也高兴。直到小铁娃十六岁那年，一天晚上深夜，在后院闲房里，史正龙才给外甥说了事情真相。

史正龙说，铁娃，你大了，我就把实话告诉你吧。你爹、你娘、你哥、你姐并不是一场瘟疫死的，是被你们熊家湾的恶人熊佩奎害死的，还把你们家的房、地都霸占去了。你如今大了，懂事了，你要为你爹妈、你哥、你姐报仇！

铁娃这才知道为什么舅舅早几年悄悄叮嘱他，不光要好好念书，还要他抽空进刘家庙宽仁师父处练武，练棍棒、刀功、拳击和轻功。

铁娃决心要报仇，连名字也改了，铁娃改成了铁鹰。他家村后有座山很高，当地人叫它老龙头，山顶经常会有一只雄鹰，直挺挺蹲在那儿，窥视着村外某个地方，如果有一只鸡、一只兔，哪怕一只小猫、小狗，它就会夹紧翅膀，利箭一样，嗖地冲下来抓住，绕村前一匝，飞走了。小文对鹰佩服得五体投地，所以他现在把自己的名字铁娃改成了铁鹰，也有雄鹰之意。

铁娃给金秀和义父山先生写了信，就悄悄出走了，秘密回到他的家乡熊家湾，变成了一只鹰，铁鹰！铁鹰经过日夜走访、侦察，终于搞清楚熊佩奎的一切情况。熊佩奎是一个爱财如命、穷凶极恶的家伙。十多年来，他不光害死熊钢锭一家四口，还用莫须有的罪名要了其他五家六口人的命。熊佩奎家不管在熊家湾，还是在熊家湾周围，都是首富。在那个世道，有钱就是老子，就是爷，就是土皇上，有钱能使鬼推磨！熊佩奎大兴土木，在村子当中盖了前庭后院偌大一座庄园，有着享不尽的荣华富贵。但凡有钱人都有一个共同特点：害怕死，尤其害怕有人横空刺来一刀，所以就有许多保卫措施。熊佩奎在他家屋前大场里修了四间两层弯弯的木楼，如马蹄铁那样包围着他家。木楼上驻扎着他的家丁，共有十六名。用固若金汤、森严壁垒描绘熊佩奎的木楼毫不过分。那楼是他的保命楼。

但是，熊铁鹰决定要摧毁熊佩奎的保命楼。

有一句话，堡垒最易从内部攻破。熊铁鹰就想方设法托人找到了张念隆。

张念隆，拳如铁槌，是一条汉子。他是熊佩奎的家丁。念隆的媳妇既像西施，又像昭君，十分漂亮，有一回到熊家来，硬被熊佩奎占有了。那媳妇便自尽了。张念隆真想砍了熊佩奎。可他爹劝他说，站在屋檐下，不得不低头。人家树大根深，咱能咋？咽了这口气吧。张念隆当时硬咽了这口气，可过后一想心里总是不平。熊铁鹰见到张念隆，就斗胆讲了要杀熊佩奎报仇的事，张念隆一听，连忙握住铁鹰的手，说，干！我跟你干！

想跟着铁鹰干的还有一个人，叫尚武全。尚武全原名熊黑牛，黑脸大汉，刚正不阿，喜欢抱打不平，他见各村各社有恶人行凶，就愤愤不平。他去少林寺学了三年武艺回来了，连名姓也改了，将熊黑牛改成了尚武全。尚武全正愁英雄无用武之地时，铁鹰成立了铁哥队，他就参加了，心甘情愿做了铁鹰的左右手。

这天夜里，风冷月黑，熊佩奎的家丁们都进入了梦乡。大门外木楼上鼾声山响。张念隆先来了，他见场边有个身影一闪，知道是铁鹰，就招了招手。铁鹰走上前来，说，快用锁子把木楼锁了。张念隆说，照你的叮咛，武全已锁了，木楼上的事由他管。

好！

铁鹰和念隆都有熟练的轻功。铁鹰在前，念隆在后，他俩身子猫似的一纵，敏捷地跳上房，弯腰从前房，到厦房，过腰房，到……

两个男女身影，正在雕花床上做爱，腾上跃下，不亦乐乎，门也没关。熊佩奎向来肆无忌惮，他连杀人都肆无忌惮，和小老婆交欢还怕人吗？

突然，两个持刀汉破门而入，熊佩奎禁不住吓了一跳，大叫一声，啊……从小老婆身上滚了下来。他见眼前的两个人，一个是家丁张念隆，另一个不认识，就恶狠狠地斥问，张念隆，你……他，他是谁？

不等张念隆作答，熊铁鹰就抢前一步，喝道，熊佩奎，你的死期到了，不认识我吗？

熊佩奎蜷缩在床角，浑身瑟瑟发抖，只看了陌生人一眼，无法回答。

铁鹰说，你还记得熊刚锭吗？告诉你，我就是他的小儿子小文，如今叫铁鹰。我等你个狗东西十二年，今日我要报仇，不光为父，还为娘、为哥、为姐，为你杀死的所有人报仇！

熊佩奎说，别别别，咱不光是一个姓，还是本家，你当叫我八爷呢。瞧八爷无儿，娶了五个老婆想生个一男半女。你留我一命，我为你当牛做马。我的房、地全都归你，人活世上，还不是为享荣华富贵吗？

铁鹰大喝一声，闭住你的狗嘴！就叫张念隆一把抓住熊佩奎，拉出大门让熊佩奎跪在村外地上，他一刀削下了熊佩奎的狗头。

铁鹰这才叫道，爹啊，娘啊，我终于为你们报仇了！把那恶鬼给除了！

大门外，两层木楼早被人包围，他们是尚武全带领的刘德宏、金柱子、汪铜锤、郭彪伍……人人身怀绝技，个个为精兵强将。

树倒猢狲散。熊佩奎的家丁知道主子已经一命呜呼，就向铁鹰他们磕头作揖，乞求饶命。

铁鹰说，念在你们是下人，虽有恶迹，可主罪全在熊佩奎身上，就让你们每人背一斗苞谷回去，老老实实过日子。

这时，天已亮，那些家丁都领了苞谷，但铁鹰没让他们走，说还有戏看。正在这时，有一个家丁走上前来，问铁鹰，咋没给我苞谷？

铁鹰哈哈笑了，说，你还要苞谷？你助纣为虐，恶贯满盈，是熊佩奎忠实的走狗，亲手杀过三个人，还想活？

说时迟，那时快，两个铁哥队的人上去，五花大绑了那个家伙，推去村外斩了。

整个熊家湾的人都动了，欢呼雀跃，知道是熊铁鹰为他们除了大害，不知说啥好。

当然，熊铁鹰还有要做的善后工作：将熊佩奎所霸占的田地，一一归还给了原主，剩余的归铁哥队所有。铁哥队的成员都是穷家子弟，大多无房无地，他们就种那些地，住在熊佩奎住过的大院里。他们一边种地，一边习武。至于熊佩奎家的佣人，都给了粮食，送他（她）们回家了。熊佩奎的几个老婆，先后嫁给了穷人光棍汉，过起了光景。

那两层木楼上，猎猎飘扬着一杆写着“铁”字的战旗。“铁”是指铁鹰，也指铁哥队。尚武全、张念隆做了铁哥队的副队长。

15

按理说，该处治的处治了，仇也报了，铁鹰该办自己要办的事了，可不行，他整天恍恍惚惚，一到夜里，刚一闭眼，面前就影影绰绰闪现出许多人，大都血肉模糊，有的只有半个头，有的少了一只胳膊，再仔细一看，他们不是别人，而是爹、娘、哥哥大文、姐姐菊娃。娘哭着说：

小文啊，当初你爹给你兄弟俩起名大文、小文，希望他俩当个文人，考取功名，荣宗耀祖，可我们被人害了，你不管不顾我们。十二年了，我们无衣穿，无房住，一家人被熊佩奎埋萝卜一样埋在野沟里，身都翻不过，多可怜啊……

说话间，哭声一片，是爹哭了、娘哭了、哥哭了、姐哭了，抽抽噎噎，十分伤心！

哭声把铁鹰触动了，他哇的一声惊醒了，醒来后，他悲痛欲绝，号啕大哭，妈呀，妈呀……

张念隆害怕了，其实，所有铁哥队队员都害怕了，他们以为铁鹰疯了。

第二天一早，刘德宏就去邻村把那位叫丁村坪的老郎中请了来。丁村坪既是郎中，又是阴阳先生，在当地颇有威望。丁村坪老先生到了，给铁鹰认认真真地把脉，一只手搭在铁鹰肩上，另一只手在铁鹰胸腔拍得嘭嘭响，进而抱住铁鹰哭了，说，孩子啊，你没病，是心病。你爹他们死得惨啊，又没有安葬，他们屈啊，冤啊！等你把你爹、你娘、你哥、你姐好好安葬了就好了。各村人背地谁不骂熊佩奎，说那东西罪孽大，不得好死！娃啊，你有出息，好样的，终于为百姓把害除了，老天爷会保佑你平平安安，干大事！

好话是开心的钥匙，也是治心病的良药。铁鹰听了老郎中的一席话，哭了一阵，觉得天阔了，地宽了，“病”竟好了，心里又有了主意。他对老郎中说，大伯，我想好好安葬我爹他们，让亲人的在天之灵得到慰藉，并把具体事情说了一遍。

郎中想了想说，好，好，就这样办。

铁鹰这才笑了，说，有百客，没百主。我显然顾不过来，也不懂，就请您老人家掌握全盘，让我舅史正龙给你当下手。

老先生很感激，连忙握住铁鹰的手，由衷地说道，铁鹰你行！

熊佩奎的庄园所在地，原先是熊铁鹰家的房屋，被熊佩奎拆了盖了庄园。现在铁鹰无处可去，就住在这里了。不过，他住了木楼一层一间，其余是铁哥队驻所。

铁鹰安葬亲人的大事，就在这里进行。

过大事是要一笔开销的，钱和物从哪儿来？

老先生给铁鹰说，你们家的房屋、土地、坡场、树木，硬被熊佩奎霸占了十二年，值多少银子？算不清。现在安葬你的亲人花销用他霸占的东西，名正言顺，你不要顾虑什么。物归原主，天经地义。更莫要说活生生的四条人命……

一提起四条人命，铁鹰就禁不住泪流不止。

兵马未动，粮草先行。铁鹰派人赶集上街买菜，白萝卜、红萝卜、白菜、黄花、木耳、莲菜、香菜……担了几担子，搁了半间屋。

买了八头猪，个个膘肥体壮，肥肉有四指厚。

买了四副棺材，两副柏木棺，是给父母的；两副松木棺，是给哥和姐的，四副棺材漆得黑油油的。

可恶的熊佩奎，当初杀死其家四口后，指使下人在后沟挖了个大坑，一同撂在里边埋了。现在挖出骨骸，就费许多心思，哪是爹的，哪是娘的，哪是哥的，哪是姐的，都得细细分辨，稍一大意，就会张冠李戴，就会搞错。好在“整骨师”是本村人，对死者刚锭他们都还记得，因此没有搞错。各人的骨骸都用棉花泥固定了，脸上画了鼻、眼睛、嘴，仿佛真人一样，也都穿了故衣，入殓盖了棺。

四副棺材分两排摆放在用苇席搭的灵棚里，十分凄惨，谁见了都流泪。在呜咽的唢呐声中，穿孝衣的铁鹰哭得死去活来。当初他才七岁，正需要爹妈时，爹妈却死了，后来才知道爹妈是被人杀害的。他曾要饭吃，受人冷眼，让狗咬，多可怜！

孝子很多，白花花一片。刚锭两口子生前人缘好，所以村里许多人都给他们穿白戴孝了，更莫要说亲戚们了。

唢呐呜咽，山河同悲。哀悼仪式举行了七天七夜。出殡的这天，天阴着，连外村的人都来了，宾客坐了一百八十三席，在方圆绝无仅有。

16

铁鹰为亲人报了仇，人们都很高兴，可有些人却恨之入骨，说有熊铁鹰在，窨峪川人都不会安生。当然，说这话的全是恶人、歹人。他们不光说，还蠢蠢欲动，付诸了行动。

这一天夜里，没有风，没有月，熊家湾十分寂静。大约是为铁鹰家的事忙活了几天，人们都疲乏了，早早入睡了。

铁哥队的人也都筋疲力尽了，在木楼上睡了。忽然，木楼的山墙根起火了，一堆麦秸被人点着了，很快便浓烟滚滚，火光冲天。

救火了！救火了！听得一声喊，人们都跑出来，用盆端水倒，用桶提水浇，还有人用锨铲土盖，忙活了半天，火终于扑灭了，只留些灰烬，并无大碍。

熊铁鹰警觉了，他给铁哥队队员开会说，这不是一般的着火，肯定有人放了火，妄图烧毁木楼，报复咱们对熊佩奎的惩处。

是呀，是这样。他们没有得逞，肯定不会罢休，咱要百般提防。队员们说。

于是，安排夜里值班站岗，并且，要埋伏在隐蔽处。

果然，歹人出动了。

这天夜里，四野漆黑。刘德宏在站岗。刘德宏是熊家湾人，家里曾饱受熊佩奎的欺压，他愤愤不平，却没有办法，后来熊铁鹰回来了，刘德宏就加入了铁哥队，忠心耿耿。当时刘德宏上厕所去了。厕所是石头垒的，只有墙，没盖房，是一个长方形框框。刘德宏从厕所出来，未提防，有一个人持匕首忽地向他肚子刺来，刘德宏身子倏地一躲，来个鹞子翻身，接着使了个饿虎扑食，一把把那黑影按倒在地。刘德宏高喊道，抓贼！抓贼！

铁鹰队员们闻声赶来，把贼押进了屋。此贼衣衫破烂，脸上瘦削，并不怎么凶狠，是个可怜人的模样。张念隆几个人要打那贼，被铁鹰挡了。铁鹰问贼，你是哪里人？

宋湾人。

宋湾是一个小山湾，只住三十多户人家，一溜平房，靠山一字排开，出奇的是，东山墙和西山墙与邻人家山墙相挨，且开有小门。这一溜房家家都是相通的，一如一串放平的糖葫芦。这一湾人是早年间从广东迁来的宋姓人，为了不让当地土匪欺负，房山墙相挨，又开了门，如果有敌人到来，可从这家钻进那家，甚至从最东边钻到最西边，或从最西边钻到最东边，相当于后来的地道战的地道。

你是宋湾哪家人？叫什么名字？

宋湾（第）二十八家人，名叫宋生财。

你为什么要来行凶？

是别人叫我来的。宋生财说，自己家很穷，求告无门，家母又饿得发晕，那一晚，他去赵岔赵奉琪家，想偷点米面给娘做饭吃，不料，被赵奉琪抓住了。赵奉琪说，我给你二斗苞谷，你给我办一件事。

嘛事？

赵奉琪说，趁今夜更深人静时，你去熊家湾，把熊佩奎财东家木楼山墙根那堆麦秸点着。

那木楼里住的不也是熊铁鹰的人吗？

正因为是熊穷鬼的人，才要你去教训教训他们。

宋生财点燃了那堆麦秸，赵奉琪就给了他二斗苞谷。赵奉琪又对宋生财说，他们下户人都会点武艺，你今夜去熊家湾木楼前捅死一个站岗的，或者捅伤也行，我给你三十两银子。

宋生财想，三十两银子买多少小麦呢，这事干得，就来了。

铁鹰对宋生财说，你两次行凶，已犯了罪，但念你还是个孝子，就饶恕你，给你一斗苞谷，回家去务正吧。

宋生财连连点头，说，是是是！是是是！就背上一斗苞谷回去了。

赵奉琪是宋湾对面赵岔人。

为什么赵奉琪对铁鹰恨之入骨，欲置之死地而后快？

赵奉琪跟熊佩奎本是姑表兄弟，臭味相投，又拜过把子。但两个人性子却有不一样的地方，熊佩奎张扬、张狂，赵奉琪则内敛、猥琐，人称“土股蛇”。赵奉琪有一个致命的“毛病”，是卑鄙下流，流氓成性。他四十多岁死了老婆，别人劝他续弦，他不。他想，黄花闺女没人来，即使来了，再生个孩子，不是要和前房的儿子分家产吗？而娶个带犊子的，更不行了，自己财产能给外姓人分？说来说去，他舍不得自己家产有一点流失。这家伙是有名的守财奴。但人不可能没有七情六欲，赵奉琪将目光盯上了儿媳翠娥。瞧翠娥那眉毛弯弯的，细细的，如柳叶儿，一对眼睛黑白分明，水灵灵的，挺逗人。更不要说那屁股，圆圆的，走路时颤抖抖地，把人的魂都牵走了。有一次，翠娥给他端了饭来，无意中，他的手挨着了她的手，他差点啊的一声尖叫起来。那手那么白，那么光，那么绵，他几乎要两手抱住那手，如猪八戒抱住了一枚仙桃。他强压住了自己的骚动，心想，公公怎能对儿媳。可是在秋天，有一天下着阴雨，赵奉琪儿子见堂不在家，偌大的院子里只有他和儿媳翠娥两个人。雨下着，淅淅沥沥，惹得他心里骚动，魂不守舍。

翠娥坐在炕上，盘着腿，正纳鞋底，针一扎，线绳使劲一拉，翠娥刘海掉了下来，她就忽地一仰头，把刘海甩了上去。翠娥的形象和动作都十分优美。赵奉琪老汉走了进来，一见翠娥，心跳了，口颤了，语无伦次，说，我，我，手扎个刺。翠娥很单纯，以为是真的，就说，那让我给你挑，便伸出纳鞋底的针要给公公挑刺。谁知趁此机会，赵奉琪就扑上来，把翠娥压在炕上，猛亲，还要脱裤子。翠娥这才知道公公要干什么，就说，爹，不不不！

俗语说，色胆大如天。赵奉琪欲火正在爆燃，哪会听翠娥的话，两人就在炕上撕扯起来。翠娥毕竟身单力薄，快要就范时，来了力气，伸出脚，一踹，将老家伙踹倒在地，跌个尻子墩。恰在此刻，赵见堂冒雨回来了，一看到炕上的媳妇，地上的爹，什么都明白了，但他能斥责谁呢？斥责翠娥吧，她毕竟没有错，绝不能用“不孝”责备她；那么，斥责爹吧？他恨死了爹，别说打，杀的心思都有。但他毕竟是爹啊，况且，家丑不可外扬。所以，赵见堂还是忍了，只是握紧拳头，在地上狠狠跺了几脚，咬牙切齿挤出了两个字，嗯！嗯！那是恨别人，更是恨自己，恨自己怎么有这样一个爹！

没有办法，见堂领翠娥去槐树村住了，那里有他家的房他家的地，他把佃户赶走了。

以后，赵奉琪怎么办？

赵见堂雇了赵岔一个叫周明月的邻人，一天来做三顿饭。

周明月吊壶脸，长板牙，男人赵牛比她矮两头，站着头只搭在明月的胸膛，尽管家里穷，但两口却很恩爱。

有一天，明月来给掌柜（他们叫赵奉琪掌柜）擀面时，赵奉琪从后边抱住了她。其实赵奉琪个子也不高，抱着明月好像娃抱住他妈，要吃奶那样。明月很恶心，想唾老东西几口，但人家是掌柜，怪咱穷啊，总不能不挣那三斗苞谷。所以她委婉地说，掌柜的我赶紧给你做饭，今天来迟了，我去地里摘了些豆角回来。

赵奉琪涎皮赖脸地说，不急不急，弄这比吃饭还要紧。

周明月被赵奉琪奸污了。

夜里，睡在炕上，赵牛问话，明月半天无语，接着饮泣起来。赵牛问，怎么了？明月便把白天的事给丈夫说了。

赵牛老半天没有接话，黑暗中伸手给妻子明月擦了一把眼泪，叹一声，说，人在矮檐下，不得不低头。

但是，赵牛和明月终究还是抬起头了。

初夏，日头艳艳，山川皆绿，到处充盈着草木的清香。熊铁鹰和铁哥队的队员在木楼上议事。木楼四间，除一间小房外，其余三间支了两排床，是通铺。通铺的一边有一张条桌，一条凳子。格局是原来的，没变，但人变了。铁鹰坐在凳子上，面对盘腿坐在通铺上的弟兄们说：

咱这一带山大沟深，偏僻，山高皇帝远。所以就有人横行霸道，胡作非为，尽做恶事，把老祖先传下来的善全不顾了。咱们一定要除恶扬善，以善为本，为百姓谋利益。铁鹰说，咱们刚刚收拾了恶人熊佩奎，就有人要烧我们，杀我们。我们要找出各村的坏人、恶人，除掉，除恶扬善！咱们好好排查一下，各村都有哪些恶人……

正说着，站岗的从木楼梯嗵嗵嗵跑上来报，铁鹰哥，有一男一女两个人要亲自见你。铁鹰说，让他们来。

一男一女两个中年人见了铁鹰忽地跪下，哇地哭了，他们不叫铁鹰，而称铁哥队，是把铁鹰和铁哥队等同了起来。他们说，铁哥队呀，救命！救命！

原来这一男一女正是是赵牛和周明月。

铁鹰拉他们起来，让他们坐下，便问，咋回事？有话就说，都是自己人。

赵牛和妻子明月流着泪，嗫嚅了半天，才说：

赵岔有一个女孩子，十二岁，肚子一天天大起来，起初大人以为是什么病。造孽啊，造孽啊，令人不能启齿，女孩子是怀了孕！小小孩子，怎么……村人当面不能说，不好说，也不敢说，背地都窃窃私语，议论纷纷，快叫天打五雷轰，把那东西除了，为村里除一大害才好！

那罪人就是赵奉琪！赵奉琪六十多岁了，他年轻时学过医，开过药铺，懂得药理药性，便给自己配了药，常常喝，所以就不安分，当流氓。

赵奉琪脖子长，头不规则，脸色如青柿子，不光奸污了周明月，对明月和赵牛的十二岁的独生女也不放过，直至孩子肚如扣了口锅。今天一早，孩子跳涝池自杀了。赵牛两口子哭得死去活来，找到赵奉琪要算账，可赵奉琪仗着自己有钱有势，就骂道，你告去，老子啥都不怕。又说，再喊叫，老子非要你两口子的命不可！

赵牛和周明月知道人穷可怜，求告无门，可又一想，西方不亮东方亮，天无绝人之路，赵奉琪的表弟熊佩奎不可一世，独霸一方，不是都叫铁哥队收拾了吗？因此他们就大着胆找了铁哥队来。

铁哥队的人听了赵牛和明月的哭诉，想起那可怜的十二岁女儿跳涝池的惨事，半天无语，有几个人还流出了泪。他们异常悲愤，天下的穷人就这样可怜吗？任人欺负吗？对欺负人的恶人、坏人，千刀万剐也不解恨！铁鹰想了想问，赵岔的人对赵奉琪是什么看法？

赵牛说，恨死了，但不敢说。

不敢说？怎么不敢说？还有啥事吗？

明月说，不说别的，光对女娃们，唉，说不出啊！明月是母亲，说到这里流出了眼泪。

赵奉琪干了一桩桩令人难以启齿的坏事，他以爷爷的身份，用水果、糖或小玩具，把一个个小女孩引诱到空荡荡的独院家里猥亵，还有更恶劣的……

铁鹰对赵牛和明月两口子说，暂不要声张，我打发两个铁哥队队员以别的身份和名义到你们村暗访赵奉琪的事，请你们帮帮忙。

好，好。

五天以后，暗访的人回来了，他们拿着一份材料，材料上写了某某某受害，用某某方式，还有处理意见，等等。光受害的孩子就有十三名，皆有名有姓。

在铁哥队商量如何处置赵奉琪时，铁鹰义愤填膺，大声骂道，他妈的！并把一只水碗啪地摔在地上，摔得粉碎！

赤日炎炎，山河增色。

真是一个好天气。

赵岔人振奋了，都聚集在村前的三角形河滩上。今天是处置赵奉琪老贼的日子。

赵奉琪低着长颈头，被五花大绑着，从土地庙里押了出来，跪在人群前的沙滩上。

本是要开斗争会的，一条一款历数赵奉琪的罪恶，但是，赵奉琪臭名昭著，还说什么？所以，改成了唾，人们排成了队，向赵奉琪的脸上唾唾沫。赵奉琪妈呀妈呀直叫，仿佛只有他妈能救他。究竟怎样除掉坏东西赵奉琪呢？村人早在干河滩里挖了一个很深很深的坑，至少有一丈深，把五花大绑的坏蛋推下坑去，然后，一个人拿一块河石，啪嚓，啪嚓，砸进坑里去。赵奉琪没有了声息。坑都让石头砸平了，那狗东西还能活吗?!

处置了赵奉琪后，穷人才知道自己的力量是无敌的，所以赵岔也成立了铁哥小队。甲首说，为了村里平安，我支持。有难处，我帮忙。甲首叫赵星桂，是明智的人。

不过，总有不明智的甲首，甚至是坏甲首。槐树村的甲首就是其中之一……槐树村在赵岔西边五里，村口有棵古槐树，三人合抱，树身都空了，能藏两个人，可枝繁叶茂，绿云朵朵。村以此树而得名。

槐树村的甲首赵见堂，是赵奉琪的儿子。赵见堂为躲开其父对自己媳妇的骚扰，就搬到槐树村他的吊庄来住了。也是官运亨通吧，赵见堂住下来不久，就遇到县上下来的一个大官，举荐他当了槐树村的甲首。赵见堂认为，甲首也是官。

赵见堂当了甲首后，很快就尝到了甜头，百姓见了他毕恭毕敬，甚至胆战心惊。有一次，他到南坡去。南坡住了四五户人家，正聚在场角吃饭，见他从塄下上来了，都争着问话，叫吃饭。一个端碗吃饭的老头见甲首来了，忙扑过来，叫他进屋吃饭，不料脚下一滑，跌了一跤，碗打了，饭倒了，尴尬得没法说。给百姓摊派钱呀粮呀什么的，甲首可以多加一些，不显山，不露水，就肥了自己。至于修渠、修路什么的，更不用自己流汗、出力，指挥别人干就行了。还有一条，也可以叫不要脸。

赵见堂见别人家有他想要的什么东西，就“买”。王二狗家山坡有一株红椿树，他买；张良娃家有一头猪，他买；白胜胜家有一头牛，他买；柳录林家打了核桃，他买；冯宽社家有柿饼，他买；杨木头家有几串烤烟叶，他买；邵虫虫家打了药籽油，他买……反正什么东西见了他都买，不管人家卖不卖他都买。“买”好啊，给银子呗！他说先买货，后付钱，说暂时没有钱，过些日子给。过些日子问吧，还是那句老话，“暂时没有，过些日子了着”。就这样，赵见堂“过些日子”，“过些日子”，过了“头七”，“二七”，“三七”了，“四七”了，“五七”了，没有……直到过了“百天”，过了“头周年”，“二周年”，没有。“三年”都过了，还是那话，过些日子。其实，要不了过“头周年”，“二周年”，“三年”，人们就明白了，那东西不要脸，没安好心，早不想给了。

赵见堂当甲首时对百姓、对可怜人是这样，对有权有势人，对顶头上司呢？嘿，只说过年吧，鸡给送去了，鱼给送去了，肉给送去了，连豆腐也给送去了。至于让他当了甲首的那个人，他给送什么呢？

其实，让他当甲首的那个人，官职并不怎么大，是管土地和粮食的，用民国时期的说法，叫田粮处长，也就是科长、局长，姑且叫田粮处长吧！

赵见堂给田粮处长，他的再生父母送什么？

不光送鸡鸭鱼，还送尻子。

送尻子？鸡尻子？鸭尻子？

不，送人尻子。

其实，这是骂赵见堂的一句话。而这一句话中却隐含着一件耐人寻味而又十分恶心的事。

田粮处长姓廖名春晖，虽是县上一个部门的脑系，可人品和嗜好十分糟糕。当然，田粮，田粮，关乎国计民生，他的权力很大。有一次，处长廖春晖来槐树村公干，见了赵见堂，发现他殷勤、热情，对他老廖鞍前马后，再者，见堂那皮肤白嫩、脸色红润，对见堂更有好感。当天夜里廖春晖本要去甲首家安歇，却被赵见堂截住了，别别别，到我家睡。我和媳妇在厦屋炕上睡，上房东头还有闲炕，被褥又干净，保您能安心休息。留处长宿一晚，不仅荣耀，说不定以后还有大用场呢。

廖春晖也盼不得呢，就到赵见堂家来了。

赵见堂见家里来了大官，觉得三生有幸，受宠若惊，忙叫媳妇炒了四个菜，拿出一壶酒，给廖处长斟起来。随后，又端上了一碗油泼辣子擀面条。酒足饭饱之后，天就黑了，赵见堂便把处长迎上炕，说，你劳累几天了，好好休息，我走了。对，夜壶放在小房门口呢。

赵见堂要走时，被廖处长留住了，说见堂，你不要走了，跟我一块睡。并解释说，我每到一个陌生地方，总不喜欢一个人睡，恐怖、孤单。

赵见堂说，一人一个习惯。那好，我陪你睡。嘴说是陪处长睡，可还是不好意思，怎跟大官睡在一个炕？所以，赵见堂很惧怯，就像狗一样，蜷曲在炕角。但是，到了半夜，赵见堂惊觉了，这，这，怎么了？

原来，赵见堂被一个人从身后紧紧抱着。他意识到，那是廖春晖处长。他才知道，两条腿的人比四条腿的猪更奇异，人有那么多毛病，比如老爹赵奉琪，比如廖处长。爹有那种形式的嗜好，而廖处长则有这种形式的嗜好。唉，唉……

从此，赵见堂就交了好运，廖处长经过运作，让赵见堂当上了甲首。按照约定，隔些日子，赵见堂就去县上田粮处，给处长“送货上门”。如此这般，轻车熟道，赵见堂从处长跟前得到许多好处，比如，粮增多了，地增多了，权更大了，人五人六了，耀武扬威了……

但是，赵见堂深深觉得，甲首还是官职太小，不起多大作用，比如，爹硬叫熊铁鹰砸死了，作为儿子，他没有一点办法，如果官职大些，怎么说对熊铁鹰也是威慑。于是，有一天，赵见堂穿戴一新，收拾一番，就早早赶到田粮处去，供处长满足后，就哭丧着脸说，廖处长，我爹被铁鹰他们害死了，你知道吗？

处长说，当然知道，那么大的事，还能不知道？停了会儿又说，你爹这老人呀，真是，尽是那么小的娃娃，唉，他都敢下手。嗯，毛病！

赵见堂嘴里嗫嚅了半天，才说了他此次的来意。赵见堂说，我要当里长。

当里长？

对。

廖处长面有难色地说，里长可不是好当的哟！

为啥？赵见堂问。

处长手一伸手，需要大把银子。

银子？

是的。你以为，空手就能套白狼？如今哪个官，不是买的？

赵见堂很有些灰心，但还是问，一个里长得多少银子？

处长说了个大概数字。

赵见堂听了吓一跳，高声叫道，啊，那么多？他以为，他把身子都给处长了，一句话就成，可……

廖春晖哼了一声，说，舍不得孩子打不住狼。你还嫌多？就这还要熟人呢。不过，只要你摊了本，总有利可赚。现在可以借，可以贷，脱裤子当袄也行，反正两年就能赚回来。

赵见堂笑了，这跟做生意一样吗？

可不，一本万利呢。处长说。

赵见堂不必借，不必贷，不必背账，钱不措手向槐树村百姓搜刮就行了。这回不用以“买”的形式为借口，而是明火执仗了。

这一回，槐树村人屋响锅炸了，不安泰了，因为甲首赵见堂催粮要款。赵见堂眼睛明溜溜，嘴唇薄扇扇，能说会道，把死人都能说活。他到了人家门上，口很甜，好婆好爷哩，好伯好叔哩，你娃难怅啊，受不下罪啊，上头催得紧，快把欠粮欠款缴纳了吧。要是时间推迟了，上头怪罪下来，加罚，我可不负责任！

百姓善良、老实，又胆小，柿叶掉下来都怕把头砸破了，就真的脱裤子当袄，省吃俭用挖窟窿，如数给人家甲首赵见堂缴去了。赵见堂每天晚上都要算账；已收了多少银子多少粮食，还有多少没有缴来，谁谁谁……万一软的不行，就来硬的，看你马王爷头上有几只眼！

哪个当官的手下没有几个喽啰？甲首一声吼，喽啰就出了手。这一回对的是姚好全。姚好全老人有一个儿子，三十多岁了，还没娶媳妇，家里穷啊！赵见堂给姚家分派了二斗小麦，二斗苞谷，还有三十两银子！这么多的东西，哪里有啊？赵见堂给喽啰们一喊，七手八脚，拖死猪似的，就把老汉吊在屋梁上了。

什么时候缴粮缴钱？

我没有啊。

没有？

是的。锅都揭不开了。

什么时候有？

说不清。老天爷说有就有，说没就……

说的你妈的×！

啪！随着一声雨点似的鞭响，老人哭叫了，妈呀……妈呀……

往往，狗腿子下手比主子还狠。

姚好全老人招架不住了。

恰在此刻，门外飞进几个人，把老人救了。

这几个人，雄姿勃发，英雄虎胆。他们不是别人，正是铁鹰带领的铁哥队。

数日来，铁鹰不断听说，槐树村甲首赵见堂催粮要款，敲诈勒索，搞得鸡飞狗上墙，全村不宁。所以，他带领队员们今日就赶来槐树村，要弄个究竟。恰巧，碰见赵见堂对姚好全老人下手。

因为那些小蟊贼知道铁鹰和他的铁哥队杀死熊佩奎收拾赵奉琪的威名，可自己还不量力跟赵见堂胡混，现在一见铁鹰他们就吓得屁滚尿流逃遁了。但赵见堂却跑不了。

铁鹰问，你近日私自摊粮派款，勒索百姓，究竟要干什么？

赵见堂不敢说我筹集资金要买官，官大一级压死人，要收拾你们，为父报仇。他谎称是上边分派的，大概为了充实国库吧。

鬼话！老实说，你要干什么？

赵见堂蔑视地瞧了铁鹰一眼，心想，老子不会给你说的，老子有后台，有廖处长，你算什么？他一副撬不开嘴巴的坚强样子。

铁鹰生气了，骂道，他妈的，你勒索无辜，已经犯罪，还胡诌是上边派的！给我吊起来，打！

铁哥队队员抓小鸡似的绑了赵见堂，把绳头甩上去，就在他刚才吊姚好全老人的屋梁上，吊了他。赵见堂在空中摇摆，打秋千一样。还没有打，赵见堂就感到疼痛难忍，妈呀妈呀，一声声大叫，我说我说，请把我放下来。

放下赵见堂以后，铁鹰说，快讲，不然，再吊起来！

赵见堂只有老实讲了，他说，我要买官，需一大笔银子。

队员刘德宏笑了，说，官真让你想疯了，竟榨老百姓的血汗。

铁鹰说，赵见堂，你虽然可恶，但与你爹不同，我们考虑还是放你一马。不过，以后干事不要贪占，要照顾到老百姓的疾苦。铁鹰最后说，关于你索要老百姓的钱、粮，尽快给各家如数归还。不然，小心你的碎命。

是，是。

办完赵见堂的事，铁鹰带领铁哥队本要回熊家湾，可转过山嘴，到龙湾村来了。听人说，龙湾村有个好景致，村后有条山梁，弯弯曲曲，延伸到村子时，头一仰，形成一个山疙瘩，山疙瘩上一左一右长着两棵白皮松树，树枝上有不少鸟窝，鸟便飞来飞去。这条山梁酷似一条龙，龙头上长两只牴角，又有鸟的飞舞，增加了龙的蠕动感，惟妙惟肖。

铁鹰他们来村里见了，赞不绝口，龙湾，龙湾，真是好地方！

谁知，好地方却出歹人！

铁鹰他们来到村口，忽见一位白发老太太坐在那株歪脖子柿树下哭，抽抽噎噎的，异常伤心。铁鹰他们便走前去，问，老妈妈，你有啥伤心事？

老太太顺手往树上一指。

铁鹰他们看了，不禁惊叫道，啊！

原来那树叶掩映中，吊着一个死人，舌头都吐了出来。

老太太哭道，他，他，是我家老头！

几个人没有多问，忙上柿树去，把吊死的老人放了下来。

铁鹰他们这才问清楚，老两口隔壁有户人家，叫王三蛮，要大兴土木，盖庭堂瓦舍，但嫌地方小，就逼迫老太太的男人佘西生拆房。佘西生说，你叫我拆了住哪？王三蛮恶狠狠说，住坡里去，住洞里去！要不，要饭去，你老婆不是都要饭去了吗？

老太太要饭回来，只见房被拆了，人家动工修盖新房了。四处寻找，才见自家老汉上柿树吊死了。老太太无奈，便伤心地哭着……

铁鹰说，老妈妈，哭啥哭？还不告他去？

老太太说，谁敢告啊？王三蛮干了那么多坏事。

老太太说，花肠沟，那个如猪花肠一样的小沟，拐来绕去只住着两户人家，花家和李家。花家有个女儿，叫花丽贞，李家有个儿子，叫李铜山。那女儿年方二八，眉清目秀，窈窕淑女，尤其那一根长辫辫更惹人喜爱。那儿子，年方二九，性格又好，令人称羡。男娃和女娃自幼青梅竹马，两小无猜。随着年龄的增长，二人私订终身，欲白头偕老。双方大人也同意这门婚事。

前村有个老汉，六十多岁，眼放邪光，两腮塌陷，却是富人，名叫冀家长。有一天，冀家长从花肠沟路过，意外见到了那个如花似玉的姑娘花丽贞，心生邪念，想，人间少有，貌若天仙，如果娶了她，做个小老婆，岂不美哉！便托了人去花家说媒。花家当然不答应，小女已有婆家，是本地后生李铜山。请冀掌柜海涵。老东西能海涵吗？整日不吃不喝不睡，在家折腾，疯了一般。恰在此刻，家里来了个人，满脸横肉，一派凶相，正是王三蛮。王三蛮说，冀老掌柜，听说你要娶花丽贞？

是。

人家不答应？

是。

王三蛮笑了，说，老人家，不怕你怪病，你是老牛要吃嫩草，人家能答应吗？还得上银子。

银子？那自然要上，可人家还是不答应啊。

王三蛮说，那你是把人没找准。我给你办。

你办？

对，可不要门缝里瞧人。有银子保你娶人。

得多少银子？

王三蛮伸出一个手掌说，五百两。先付三百两，入洞房后再付二百两。

冀家长心里忐忑，说，你用什么办法？

王三蛮说，这你就甭问了，保你睡人就是了。

冀家长一听“睡人”二字，心里咚地一跳，浑身血都汹涌澎湃了。他想，银子算什么？吃嫩草才最重要。就慷然说，三蛮，五百两（银子）抵什么用，叔给你八百两(银子)，立马缴货，五日内娶人，入洞房。

王三蛮说，瓮中捉美女，手到擒来。

冀家长嘴一咧，一副掩不住喜悦的呆相。

冀家大院里喊喊叫叫，热热闹闹，繁忙一片。这是冀家长请亲朋好友、左邻右舍为他娶小老婆而忙活的场面：杀猪、宰羊、买菜盘锅灶，还有一班人在扎花轿。花轿扎两个，一个冀家长老东西坐，另一个自然是花媳妇丽贞姑娘坐。冀家长在一旁欣赏，乐不可支。他的一位好友叫董志敬的取笑他，说，家长兄，洞房花烛夜，人生一大幸事，将要让你独占花魁了，如何款待我等？

冀家长慷慨道，董兄莫操心，请诸位进城上春香楼尽情玩乐一回如何？

好啊！好啊！

院里掌声一片。

恰在此刻，一个猛小伙从屋里扑出来，对冀家长破口大骂，你要不要脸？都成棺材瓤子了，还要娶小老婆，我不准！你要不听，老子跟你拼了！

那人手里执了一把刀，寒光闪闪，要和老头子冀家长拼了。此人叫冀新兴，是冀家长的儿子。当听到老子要娶小老婆时，冀新兴心就按不住了，非要闹个黑天昏地不可。因为他知道，把那花丽贞娶过来，生个儿子，冀家的财产二一添作五，不是把他的一半就劈出去了吗？他冀新兴心不甘，和老家伙议论了几次，老家伙一句都不听，所以现在他就只有孤注一掷了。但冀家长绝不是吃素的，他着人把儿子新兴绑了，关在后院一间房子，怕他大喊大叫，嘴里又给紧紧塞了条手巾，骂了当地一句粗话，×你个妈，张狂啥？知不知道，连你小子也是我×出来的，你还干涉老子娶小美人，真是无法无天了！

冀家长娶小老婆的事，一直在紧锣密鼓地进行，到第三天早上，一切就绪，在唢呐声声中，两乘花轿出发了，优哉游哉，在山路上摆了长长一行，向丽贞姑娘家花肠地方而去。

可谁知，却出了大事！

那是前一天，王三蛮派人来花家说，冀掌柜决定娶你家丽贞做妾，由王三蛮撑头一手操办，望做好嫁女的一切准备，到时我们登门接人。

正吃饭的花良仁老汉一听头晕眼花，他们要抢婚吗？

饭碗啪地掉在地上，摔碎了，饭倒了一地，浑身哆嗦道，我家小女子，已有了人家。

少废话！来人撂下一句冰冷的话，扬长而去。

娶亲的日子到了，花丽贞还没有想出什么办法。没有办法，就意味着只有去给冀家长老东西做小，否则，你逃脱不了王三蛮的魔掌，王三蛮可是杀人不眨眼的刽子手啊！

出于无奈，花丽贞来到屋后山坡，来到棠梨树下，这是那个月夜她和李铜山定终身的地方。丽贞到此回想了一下往事，就上吊自尽了。

良仁老汉和老伴发现家里不见了女儿，心中十分惶恐，到处寻找，只见女儿吊死在了棠梨树上，良仁老汉哇的一声哭晕过去了，从高高的山崖滚下去死了！

护送花轿到来的王三蛮看见一家出了两条人命，却无动于衷，只给坐在花轿中的老新郎冀家长说，冀掌柜，打道回府吧，以后再瞄准谁家姑娘，给我王某说，在所不辞！

这件事最得意的人是冀新兴。因为他爹冀家长娶妾不成把他从后院那间房中放出来了。冀新兴附在他爹耳边说，爹，如果实在撑不住了，就进城去上春香楼，孩儿陪你。

老太太说，王三蛮还有更大的劣迹呢。

一个夏天，几个孩子在村外玩泥巴。王三蛮的儿子很霸道，抓起泥巴狠狠摔在另一个孩子的头上、脸上，把人家眼睛都糊了。那孩子生气了，把王三蛮的儿子扳倒，压在身下，斥问，你还欺人不欺人？

恰在此刻，王三蛮从外村回来看见了，不分青红皂白，就对那孩子拳打脚踢，那个孩子满脸是血，连喊爹妈，救命啊——救命啊——

孩子的爹妈闻声赶来，见孩子已成血头羊，心都烂了，就问王三蛮，我家孩子犯了啥法，你把他打成了这样？还有没有王法？

王三蛮愈加恼怒了，反问道，你们还讲什么王法？山高皇帝远，老子的话就是王法。你们要是触动了我的王法，小心狗命！

孩子的爹妈不服，你要怎么样？

我要你们全家的命！

王三蛮无法无天，当即就叫来他的狐群狗党，把那一家人都砍了。

村里人对王三蛮敢怒不敢言。

老太太说，朝里有腿无法无天。人家王三蛮县上有后台哩，谁敢顶撞他？

原来，王三蛮在县上果然有后台，跟赵见堂的后台一样，是那个钱粮处长廖春晖！

熊铁鹰一听怒骂道，他妈的！死到临头了！

17

熊铁鹰办完王三蛮的事，安葬了西生老人以后，回到熊家湾木楼上，心想，这个时候应当赶去刘家庙，拜见义父义母。离开快三个年头了，也不知二老怎么样，哥、嫂以及侄儿、侄女怎么样了。当然，他还想到一个人，那就是金秀，她过得好吗？

金秀出嫁的那天，艳阳高照，整个上秦川一片灿烂。铁鹰前一天就知道了金秀出嫁的消息，一夜折腾得都没有睡好，流了许多泪。他想，自从义父山先生把他领进门，第一次见到金秀，就留下了深刻的印象。从那时起，他俩同玩耍，同读书，同吃一锅饭，同住一院屋，亲兄妹一样。一天天一年年长大了，金秀先提出要和自己成夫妻，并且……可连房都没有，能让小妹妹金秀跟自己受罪？铁鹰高兴她嫁给向木耳，他家富有，让小妹去享福吧。但铁鹰还是惦念，所以，金秀出嫁那日天不亮的时候他就出发了，翻山越岭，长途跋涉，赶太阳冒红时，就躲在铁沟树林子里，听到唢呐声声，目睹了金秀的花轿，看到了那长长的迎亲和送亲的队伍，铁鹰很高兴，却流泪了，心里说，小妹妹，你享福了，我放心了！

现在，铁鹰要回刘家庙去，办许多事，还要给义父过大寿，自然可以见到金秀了……

想起这一切，铁鹰免不了很激动。

但是，铁鹰又是很有理智的人，他明白，不能感情用事，所干的事方兴未艾，县上又派人明察暗访，不能太乐观。如此这般，铁鹰就磨墨展纸提笔给县太爷写起了信……

知县高大人台鉴：

小民熊铁鹰，男，大明隆庆元年五月生人，二十二岁，偏僻山乡熊家湾人氏。小民幼时一家四口被本村霸王熊佩奎杀害，掳去房屋田产，因此心里就深深埋下了除恶扬善的种子。回乡报仇后，发现荒僻山区一些村庄仍有恶劣之徒称王称霸，横行乡里，草菅人命，致使民不聊生，怨声载道。故此，举起“铁哥队”旗帜，除恶扬善。比如近日，就杀掉了恶贯满盈、臭名昭著的王三蛮。王三蛮几年里就杀害了十一名平民百姓（详细另书）。

吾辈绝非野匪，实属迫于无奈。请大人辞罪。

致礼

铁哥队熊铁鹰

大明万历×年×月×日

铁鹰将信写好后，给队员们念了一遍。

屋里一时鸦雀无声。

铁鹰觉得奇异，便问，怎么了？咋不说话呢？

尚武全嗫嚅了半天，又说了最近情况：各村传言，熊家湾出了股土匪，见人就杀，见财产就抢，村民无宁日。知县闻听之后，派专人下来私访探究。尚武全说，衙门人才走几日，我们就送信去，不是自投罗网？

众队员说，是啊。

铁鹰说，为人未做亏心事，半夜不怕鬼敲门。还说，好汉做事好汉当，咱们怕什么？愈是这样，我定了：书信由我直接去送，还要面见知县，申明荒僻山区的实情。

不能不能，你不能去！不能去！

铁鹰问，为什么？

张念隆说，古人言，衙门口，朝南开，有理没钱别进来。人家正查咱们哩，你赤手空拳去，凶多吉少……

队员们说，是啊，很有危险。

铁鹰说，大家的担心，可能是对的，官和民终究不一样。但是，大家的意见更坚定了我亲自去送信的决心。他们即使杀了我，也在所不惧。我要把真实的民之疾苦讲给县官听。

铁鹰拿出了赴汤蹈火的气概，哪怕背水一战。他说，备一副白棺材，抬上进县，如果他们扣我杀了我，请把尸首搬回来，埋在我父母脚下，让我在阴间尽忠尽孝。但是，我们的大旗不能倒，除恶扬善的大旗不能倒。现在，连同各村的铁哥队队员已有三十八名，咱们一定要壮大力量，为百姓继续除恶。这重任就交给你们了！

好！好！

众队员的喊声把场边大核桃树上的鸟都惊飞了，黑压压一片。

18

阳光普照，山河增色。

一行人抬着一副新木白棺材，出了窨峪川，顺着丹江河，过麻街川，过二龙山，向县城而去。这就是铁鹰和他的铁哥队队员，还有许多百姓跟随。

县城在上寺坡下，高车岭北，悠悠丹江从城墙南流淌而去。这里是商鞅封地，古老、庄严而又神奇。它形若一只欲飞的仙鹤，故而又名鹤城。衙门驻在东街，坐北朝南，一连三进，古香古色，庄重威严。大门宽大，木板厚重，染了铁红色，并包了铁条。大门东西各蹲一只石狮子，栩栩如生，活灵活现。高大的门楼则是五脊六兽，透着一种强烈的威严。门的东侧挂一块黑色竖牌，上书四个遒劲的金色大字：商县县衙。

进得大门，是正方形的大院儿，正面有五间雄伟建筑，檐下一侧木架上置一面大鼓。这就是俗语所说的老爷大堂。

铁鹰让众人将棺材放在大门外歇息，而他昂首阔步地进去了。铁鹰走到大鼓旁，拿起鼓槌，咚咚咚一连敲了三下，便有衙役走上前来问道，你有何事？

我要面见高老爷。

为什么？

我有书信，要亲自交予老爷。

衙役进内禀报之后，便出来在咚咚咚的鼓声中，高声喊道：

击鼓升堂——

铁鹰走进大堂，只见一位前庭饱满、地阁方圆、浓眉大眼的壮汉坐在那儿，分明是高知县了。高知县问道：

何方人士？有何贵干？

铁鹰便忙跪下回话，小民熊铁鹰，荒僻山乡熊家湾人氏，写有一封信，现呈送老爷。说着便将书信交给衙役呈上。

高知县看过信，心有钦佩，便问，信系你本人所写？

为小人涂鸦，不成书体。

知县问，你读过书？

铁鹰答，小人不才，在义父山先生学馆读过五年书。

知县问，据说你身怀武艺，拜谁为师？

铁鹰答，拜刘家庙老道宽仁师父为师，学过几年皮毛功夫。

知县看了一下那书信又问，你在熊家湾方圆为何杀掉那么多人？

铁鹰显然来了愤恨，口若悬河讲道，他们利用权势欺压百姓、霸占田产、为所欲为、残害无辜、草菅人命，致使民不聊生，怨声载道，不除恶魔天理不容。小民义愤填膺惩罚邪恶，百姓称快，高声欢呼。知县大人若果怪罪，小民不畏不惧，即使杀头，熊铁鹰也在所不惜。小民连棺材都抬来了。

啊！知县惊愕，问，你连棺材都抬来了？

是。

知县给衙役使了个眼色，衙役出去一看，回来禀报，知县大人，衙门外果有一副白木棺材，并有一伙人守着，大有等待收尸之势。

知县一听哈哈大笑，说道，真是闹了个天大的笑话。熊铁鹰你为民除害，何罪之有？他让铁鹰站起来，并领进书房，谈了许多许多。对大部恶人，要以惩罚和威慑相间而行，凡所做之事，要从国计民生方面考虑，等等。

真是出人意料，知县还自己掏腰包，给铁鹰他们管了一顿饭。

铁鹰他们都十分纳闷，高知县竟是这样好的一位官！

这位知县大人姓高名文敏，江西人，自幼聪慧，熟读诗书。可惜，他八岁时，家父因无钱治病就去世了，母亲靠要饭供儿读书。他想长大要为百姓办事，所以给自己起名文敏，取谐音“为民”之意。“高为民”最憎恶的就是邪恶、腐败，因此，他查办了多起诸如此类的案子，有口皆碑。高文敏来商县不久，就有“西南乡野匪熊铁鹰纠集人等残害百姓”的诉状，所以他便派员赴西南乡暗访。暗访的人回衙讲了熊铁鹰为百姓除恶，人人称颂的事情后，更引起了知县的重视。荒僻之地，竟出了个为民除恶的人物，真了不起。他想去西南乡见见熊铁鹰，只因公务繁忙，就搁置了下来。不料熊铁鹰亲自登衙秉书，还带了棺材。

当铁鹰带上队员，抬上棺材要返回，刚出了西城门，就见前边有十几个人，由一位慈眉善目、面若满月的老者带领着，要进城去。铁鹰看了，愣了一刹，忙扑上去，跪在老者面前，哇的一声哭叫：父亲！

山先生已听说了铁鹰返乡后为父母报仇、除恶扬善的事，暗加赞赏，我儿果然有志气，有出息。可今天在刘家庙集上，却传得沸沸扬扬，县太爷派人暗访熊铁鹰的罪行，而熊铁鹰带棺材进城，看来他肯定会被杀斩，死期就在今日，等等。

山先生听了大吃一惊，我儿何罪之有？冤枉！冤枉！他在家大哭一场，天啊，天啊，你虽高高在上，却为何不睁眼？山先生太爱怜铁鹰了，自那年在麻街集上吃炒凉粉时把孩子领回来，山先生听簸箕匠史正龙暗地给他讲了孩子一家的悲惨遭遇，他流出了眼泪。山先生知道孩子的性格，长大后非报仇不可。但赤手空拳怎能行？他就在孩子读书的同时，还引导练身体，举石锁，舞棍棒，后来拜刘家庙宽仁师父为师，学习了一整套武艺。

山先生要同县太爷论理，就连忙带人要赶进县衙去，不料，父子俩却在西门口见了面。

山先生伸双手忙把铁鹰扶起，问，孩子，怎么样？

铁鹰便把他抬棺进县衙、击鼓以及知县高文敏大人的态度等说了一遍，山先生这才放心了，极为兴奋，连连说道，我儿福大，风清弊绝，国泰民安！

铁鹰一行本要顺麻街川回熊家湾，可山先生不允，还是回咱刘家庙你的家吧。你走了这么长时间，你娘想死你啦。你哥你嫂、孩子全家人都很想你了。

铁鹰说，那棺材呢？让我的弟兄们抬回熊家湾？

山先生说，不，一同回到刘家庙，歇歇，明天翻千山回熊家湾。至于棺材嘛，是喜棺、宝棺、长命棺，就不送回熊家湾，放在咱家你睡的那间屋，图个吉利。

铁鹰想想便说，行。我听爹的。

于是，抬着空棺材的一行人出了县城，翻过高车岭，沿南秦川、倒退河、上秦川，向刘家庙走去。

刘家庙街上人知道铁鹰去县上没有什么事，被山先生安全接回来了，都十分高兴，站了两行，拍手欢迎。

第二天一早，铁鹰召集队员们在山先生的堂屋商量事。

铁鹰说，我暂不回去了。我要在义父家办一件事。

铁鹰说，义父对我恩重如山，如果不是他收留我，养育我，尘世上早就没有我了。起码我不会学知识、学武艺，不能干脆、利落地为父母、哥、姐报仇。咱中国人有句话，滴水之恩，涌泉相报。有恩不报枉为人。所以，我要主持、参与修一座“山公祠”，把义父、父母的像塑起来，供世代纪念、传颂。

好啊！应当应当！众人回应。

关于具体开销，由铁鹰支出。熊佩奎霸占他家房屋和土地折合的银两有的是。由张念隆回去将银子送来，协同铁鹰进行修祠事宜。由尚武全带领队员们从事劳动生产和维护各村治安。

知道铁鹰要为自己修祠，山先生不同意，说，我没有做啥事，还修祠，不让人笑话？算了吧！算了吧！

铁鹰说，爹，还要做什么事？你开学馆，不收钱，培养人才，功在当代，利在千秋；你心地宽厚，为人善良，见婚姻说成，见纠纷说散，众口皆碑，不胜枚举。当然，这修祠的事，纯属我个人行为，是要进一点孝心。你收留我，养育我，是再生父母，救命恩人，要我怎么回报？除此之外，还有什么办法？

铁鹰说着流起了眼泪。娘见状说，你再不要犟了，叫娃尽尽孝心吧！

哥哥和嫂子也劝父亲，爹，你不要挡了，听铁娃的吧！

连小孙子、小孙女也求爷爷，说，爷爷，让我叔叔就给你修庙吧。我们初一、十五给你磕头、烧纸。

他们的妈妈一听笑了，说，不是庙，那是祠，是为现在、以后，直到永远，纪念你爷爷的高风亮节所修的房屋。当然你们到什么时候都不要忘记爷爷做人、办事的高贵品德。比如你叔叔，当初父母被恶人杀害，要饭时被你爷爷领回家，当亲生儿子一样对待，别人能做到吗？当然，你叔叔成人了，为百姓办了许多好事，连县太爷都说好。他现在要为你爷爷修祠，是多大的孝心啊！你们知道吗？

知道！知道！两个孩子连连点头说。

山先生嗫嚅了半天，再没有说什么。

祠建在刘家古庙的东边，三间，雕梁画栋，五脊六兽，高大雄伟，庄严肃穆。祠里没有塑像，请当地著名画匠在一块特制的木板上绘上了山先生和老伴并排坐着的真人画像，镶嵌在堂屋墙上，面前置了长方形的贡桌。

铁鹰字写得工整，他写了“山公祠”三个大字，镌刻在一块木板上，悬挂在大门上方。

山先生的儿子上坡特意挑选了两株千枝柏树，请人挖回来栽植在祠前两旁，愈增加了勃勃生机。

山公祠的开光是八月初六。因为这天是山先生六十六岁生日。

院子里盘了长长一行锅，都熬着菜，炊烟袅袅，蒸气氤氲，香飘四野，刘家庙满街都闻到了。

屋里屋外，院里院外都是人，男女老幼，花花绿绿，非常热闹。客人们多是刘家庙的人，是铁鹰一家家上门请来的，他说，这是我义父山先生六十六大寿，也是山公祠开光的日子，借用这个黄道吉日，我特请诸位一聚，表示谢意。因为，自我八岁来到刘家庙安身，刘家庙父老乡亲没有另眼看待过我，更没有欺负过我，小铁娃仅备薄酒一杯，犒劳诸位。

铁鹰特地制定了一条规约：谢绝任何人携带礼物，连一个馍一个柿子都不能带。

关于山公祠开光仪式，开席时司仪的讲话、对山先生的致礼等等，这里均一一省去，谨讲二事：

铁鹰见金秀，铁鹰见木耳。

先说铁鹰见金秀。

这天既是山公祠开光的日子，又是爹的大寿，作为独生女山金秀自然赶来了，而且是前一天就来的。当时铁鹰一见金秀，霎时眼泪就流出来了，恨不得扑上前去，抱住金秀哭，哭得黑天昏地、河水倒流。他和金秀如亲兄亲妹在一个屋生活了十多年，正月十五一块散灯，大年三十一块放炮，八月十五吃月饼，五月端午吃粽子，你帮我让，多么亲密，可是，一下分了手，几年没见过面，想过多少次，一直不曾见！今日相见，悲喜交加，怎不潸然泪下？怎不拥抱？可是，院里有那么多忙活的人。

金秀呢，抱着两岁的儿子，肚子微鼓，又怀了身孕，她看见铁娃，禁不住热泪充满眼眶，心想，总算见到他了！见到他了！她想骂铁娃，你这没良心的东西，你这负心贼！当初你一封短信，就不辞而别，无情无义，什么东西！你总该知道吧？这个孩子，谁的？金秀在心里说，铁娃啊，木耳对我太好了，是真心好，实意好，可纵然千好万好，可我忘不了你，对了，不是别的，是对你放不下心。你干了那么多大事，谁在操心？金秀当初要嫁给你，可你……一个男人，没有女人操心多可怜啊。

铁娃和金秀都木木站在那，痴呆了，愣怔了，不知说什么。

在锅上忙活的大叔、大爷们知道铁娃和金秀的关系，但面对此情此景，都不知道说什么好，仿佛也痴了，愣怔了。一个撒盐的厨子大伯，分明忘了手中的活计，流出了老泪。

只有金秀妈不失有修养的大户人家人，她从上屋出来，见了铁娃和金秀的神态，什么都知道了，便扬声说，哟，我家金秀来了吗，叫我抱我外孙子。她抱上娃责备女儿说，这时才来，你铁娃哥刚才还问你呢。还不叫你铁娃哥？

金秀便羞赧地叫，铁娃哥！

铁娃便说，金秀，你来了！

一场尴尬才算打破。

回到上屋，抱娃的金秀妈把女儿领进自己卧室，说了几句闲话，便把铁娃叫进去，说，你兄妹从小一块长大，可好长时间没见面了，就趁现在没有事，说说话吧。说完便出去了。

卧室寂静，只有金秀、铁鹰和孩子。她和他有多少话要说啊，可从哪说起？只有沉默。不知过了多久，金秀才给孩子说，让你舅抱抱你吧。又低声对铁娃说，他当叫你爹呢。

啊！铁娃万分惊愕，又很不解。

金秀依旧压低声说，那天，在灯盏洼，栗树下……接着高声说，这娃叫栗树。

铁娃什么都知道了，立刻泪流满面，连忙抱过孩子，在那圆脸蛋上亲着，恨不得吃了。

孩子瞧着陌生的“舅舅”，居然没哭，反而咯咯咯地笑了。

金秀说，他爹木耳也挺喜欢栗树，一天抱几次。她这是向铁娃传递一个信息，请你放心，孩子在向家并没受什么委屈。

铁娃说，我也挺好，和弟兄们所干的事，百姓拥护，没有不说好的。这次抬棺进县去，本要领罪，可哪知县高老爷还请我们吃了一顿饭呢。

金秀放心了，说，好，好。

不过金秀叮嘱铁娃说，你再不要当犟牛，要成个家。有家没家终究不一样。有个人知你疼你，到底好。

铁娃本不想提这样的话题，但知道金秀是诚心的，就说，现在顾不过来，以后再说吧。

金秀禁不住眼里溢满了泪水，扑在铁娃怀里；铁娃在金秀眉头上亲了又亲，也流出了泪水。

再说铁娃见木耳。

那是山先生六十六大寿的下午，铁娃和几个人正在山公祠欣赏山墙上的壁画，嫂子来给铁娃说，木耳要见你，在爹书房里。

金秀提前到娘家来了，煤矿上忙，所以木耳下午才到，刚吃了饭，木耳就问铁娃在哪里。嫂子说，你在爹书房里等着，我给你找他去。

木耳在爹书房里，坐在椅子上，连桌子上放着的茶也没喝，顺手翻着一本线装书，等着铁娃。

铁娃进来了，一见木耳，竟哭了，叫了一声，哥，就跪下了。

木耳简直懵了，连忙扶起铁娃，说，兄弟，你何必这样呢？

铁娃说，我感谢你，打心眼里感谢你！

为什么？木耳问。

铁娃说，有三件事，第一，你曾救过我。

救过你？

那一年，铁娃才来刘家庙不久，一天，他在村前河滩里捡石头玩，不知怎么被一只大黄狗欺负起来，汪汪汪，汪汪汪，向他吠。小铁娃拾起树条就打，那狗更厉害了，又吠又跳，疯了一般向他扑来，要吞掉这个陌生孩子似的。恰在此刻，一个年龄比铁娃大的少年路过，忙大喝一声，捡起一块石头，向狗掷去，狗这才吱汪叫一声，逃走了。

这个标致的少年，就是向木耳。木耳去他姨父房田丰家，过河时见了那一幕，就伸出了援助之手。

铁鹰说，向大哥，那件事，已过去了多少年，可我一直记着。

木耳谦辞道，举手之劳，不必挂齿，不必挂齿！

恩情大事，岂能忘掉！铁鹰说，第二件……

什么事？木耳忙问。

铁鹰情不自禁地含泪说，你对我妹妹金秀那样信任，那样关爱，成亲第一晚就把矿上大权交给了她，令我不胜感激，钦佩！

木耳说，金秀本是聪颖姑娘，是好人，有心计，性格又那么好。他说到这里打住了，心想，自己妻子，还用说好吗？便问起第三件事是什么。

第三件，第三件……第三件事本是要说，你把我的孩子，权当你的孩子养那么大了，实在感恩不尽，万般谢忱。但这些都不能说，一点都不能说，所以只能嗫嚅着。

显然，向木耳什么都知道了，就说了另外一个话题，他说，天地悠悠，人海茫茫，盘根错节，万事有缘。

铁鹰深受感动，忙端起茶杯，从心底称道，大哥，以茶代酒，敬你，喝！喝！

两人拉了一会家常后，木耳说，铁鹰老弟，我有一件事，不知当讲不当讲？

铁鹰笑道，你我兄弟，一如家人，有什么话不好讲？但讲无防。

木耳也笑了，说，我打算请你上熊耳山。

铁鹰十分诧异，上熊耳山？

是的，上熊耳山。

向木耳便详细讲了熊耳山。

熊耳山，商县城人以形状叫它熊耳山，当地却有另一个名字，叫它显神寨。相传，早在战国时期，楚国有一对父子将军，英勇善战，忠心报国。然而，却被奸贼诬陷，说他们图谋卖国。国王是昏君，听信谗言把那父子将军斩了。可是，那老将有个小儿，名叫伍员，也是武艺超群，勇士伍员决心为父兄报仇，便顺长江而下，投奔了越国。但他很快就觉得，在此无用武之地，于是直驱西北，投奔了秦国。秦王见伍员，双臂粗壮，身高八尺，真乃一员猛将，便委以重任，让他带兵镇守于商。当时商地被楚国占领。伍员不惧，有雄心壮志在胸，驻扎在熊耳山上，招兵买马，习刀舞棒，准备向楚营杀去。楚兵一哄而上，包围了熊耳山，企图将伍员的兵马困死在山上。伍员手下有位谋士想了一条妙计：给他们养的一条狗吃饱了白米大肉，从山上投下去，狗肚破饭菜现出。楚兵见狗都吃米饭大肉，以为山上粮草供养充足，又见山上士兵们个个刀光辉映，一如天神，所以楚兵就议论纷纷，说那是天神显灵，要援助秦兵，咱楚兵还死守什么，不如快跑。这下应了那句古话，兵败如山倒。熊耳山老百姓对抢掠的楚兵早恨之入骨，就纷纷投奔纪律严明的伍员率领的秦兵。因此，楚兵节节败退，乳河两岸不日就成秦兵的天下。所以就有了上秦川、南秦川之名，一直沿用至今。

向木耳说，熊耳山百姓怀念纪律严明、爱民如子、英勇善战的伍员大将军，都说他是天神显身，称他为显神爷，在山顶修庙敬奉，把山称为显神寨。

向木耳说，显神寨易守难攻，是屯兵养马之地。再者，它高峻险要，一览众山小。你和你的铁哥队如果驻扎显神寨，东对南秦川、五峪川，北对麻街川，西对窨峪川，南对金岭川、上秦川，对百姓是保护，对恶人是威慑。百姓就能安居乐业了。如此这般，你熊铁鹰就成为当代的显神爷了。

熊铁鹰很高兴，连说，是好事！好事！只是，显神爷可不敢当。

向木耳说，既然你同意这样办，在显神寨上修住房、盖灶房以及修路、修练武场，我向木耳和山金秀包了。

铁鹰说，先不急，我还有别的事要干。

木耳说，别的事无牵无挂，你要干就干，修寨和干别的事两不误。

就这样，第二天早饭后，木耳领铁鹰上了显神寨，勘察了地形，做了规划，绘了图，等等。

第六章

19

天下的事情不公，上秦川的事情也不公。从倒退河逆上到千山脚下，绵长几十里，沿途大大小小几十个村庄，百姓一个个都很穷苦，睡觉看星星，吃饭照影影，人人破衣烂衫，面黄肌瘦，可怜兮兮。他们何以如此？房地让有权有势的人巧取豪夺去了。比如段家村的段有富，在当里长时期就霸占了三百多亩田产，可不缴纳税赋，把税赋全转嫁到广大百姓身上去了。段有富是个心毒手辣、贪得无厌的恶鬼。前些年，他声称要砌河堤修地，谁投银谁分地。因此，许多老百姓就口里挪肚里减，东借西贷，给段有富缴了银子，日夜想着分一点地。然而，石沉大海，段有富岿然不动。问，怎么不修地？答，银子不够。既然银子不够地也不修，就把所收的银子归还给百姓好了。但段有富不还，硬抗着，最后不了了之。对此，铁鹰很憎恨他。

铁鹰说，是上秦川人把我养大的，我要办一件实事回报父老乡亲。他要主持砌河堤修地。铁鹰的规划很宏伟，东起倒退河，西到千山下，几十里都要修堤。他吸纳德高望重、办事公道并有经验的人，成立了修堤会，进行勘测、丈量、画线……做了一系列技术工作。资金来源呢？修堤会发了个通告，要求有钱出钱，有力出力，并且特别强调，但凡有识之士，欢迎捐献银两，赞助砌堤修地，以利乡梓。

通告发出不到几日，就有许多捐银的人，山先生捐了，房田丰捐了，差不多各村都有捐资人。砌堤的根基需要钉橛，所以许多人家就索性上自家山林砍了栲树回来，锯了五尺长的杆，把一头削尖，呈锥子形，送给了修堤会。各村村前，百姓们捐献的木橛都堆成了小山。

这时，各村却刮起了一股阴风，有人说，什么砌堤修地，那是熊铁鹰在召集一些人骗财骗钱，莫要轻信。闫村一些孩童聚在一起竟念出了这样的歌谣：

熊铁鹰，大坏蛋，
砌堤修地把人骗……

这可非同小事，破坏砌堤，不能小觑，定要追查。修堤会派了专人调查。

小朋友，唱得真好。谁教你们唱的啊？

小朋友颇得意，回答：屈叔叔，屈里拐叔叔。

屈里拐游手好闲，谁给他一点好处，就把谁叫爷的角儿。肯定有人指使他，他就编了歪词，教孩子传唱。

这一天，修堤会的人把屈里拐找来，问，你给孩子们编唱了什么？

屈里拐佯装吃惊地反问，没有呀！唱什么？

破坏修堤的词。

屈里拐是很会狡辩的人，佯装若无其事地说，哎呀呀，是这事，这是小娃的事嘛。我个大人大事的人，能干那事？真叫人能笑掉大牙不是？

屈里拐的话，早被在里间屋一个铁哥队队员听到了。为了修堤顺利，熊铁鹰把他的铁哥队队员带来了大部。世事复杂，人心莫测，如果有人纠集破坏修堤，对不起，铁哥队就冲上来了。里屋这位铁哥队队员早都按捺不住了，就站出来问，屈里拐，你想滑头到底吗？再不老实，还想吃好果子吗？

屈里拐这种人，毕竟经不起诈。是呀，受不白之苦值吗？只好如实透露，说，是原里长段有富要我干的。

他给你什么好处？

呃、呃，请吃了顿饭，还喝了酒。

再没给你什么东西？

呃、呃，还给、给、给了我一两半银子。

在场的人嗤之以鼻。哼，什么东西！

高门大院，青堂瓦舍，坐落在村东大路边——这是整个上秦川一家挂上号的大户，原里长段有富的家。段有富年届六旬，胡须花白，已是老年人了。此刻，日光当头，已经正午，段有富坐在堂屋方桌东的太师椅上，西边太师椅上坐着一个花枝招展年龄不到三十的美貌女子，这个女子是段有富的姘头乔秋丽。乔秋丽的丈夫是个割漆匠，一年大部分时间都待在四百里之外的深山老林里，上漆树刻许多个 Y 字形的槽，几日后待漆液淌出来，再收进桶里。割漆是很苦的事，上树下树，偶尔还会遇到野兽，是很危险的。但收益好，一年能挣大把大把银子。割漆匠就把这大把的银子供给漂亮的媳妇，让她尽情享受。谁知，乔秋丽身在曹营心在汉，却投在了里长怀里。她发现，里长有权有势，脚一踏全上秦川都动呢，攀上他多么荣耀。而里长段有富呢，第一眼看到乔秋丽就被倾倒了，三天两头往漆匠家跑，很快一老一少两人就鬼混在了一起。里长老婆怄气在心，吵了几次，也不管用，结果，气得自己晕倒在地，浑身发抖，眼斜嘴歪流口水，说不出话，至今还在炕上躺着，由佣人接屎接尿伺候着。这样，段有富轻松了，乔秋丽也高兴了，两人常在一起。有时段有富到乔秋丽家去，有时乔秋丽到段有富家来。乔秋丽来了，他们就那样一左一右坐着，说这说那，俨然是名正言顺的老爷和太太。

乔秋丽脑子比段有富好使，口才也流利，这么说吧，段有富在上任时，乔秋丽就是他的军师和谋士。她熟悉全里的情况，怎么向百姓豪夺，怎么榨取，几乎都是乔秋丽的主意。如果说里长段有富恶毒，那乔秋丽就很阴险了。

段有富卸任之后，乔秋丽对他的忠诚仍然不减，并常来家里玩。大约是继续寻找和享受昔日的荣耀和高人一等的感觉吧！

这日，段有富和乔秋丽正对坐在太师椅上边品茶边闲聊时，大门外进来几个人，是铁鹰和修堤会的人。

段有富和乔秋丽已认出来人，但就是不让坐，也不打招呼，只是怒目而视，意思是，穷小子，要干什么？

铁鹰先答话了，段有富，你知不知道上秦川要砌堤修地的事？

段有富说，知道。

铁鹰问，既然知道，你是支持还是反对？

段有富说，我不支持，也不反对。支持吧，要出银子，我哪有银子？反对吧？我反对啥？

铁鹰哈哈笑了，问，你没有反对？

没有。

那教孩童们唱歌谣，是谁指使的？

我没有。

没有？

没有，真的没有。

铁鹰把屈里拐叫进来，让他指证。

屈里拐说，是段里长叫我教娃唱的，他请我吃了顿饭，喝了酒，还给了我一两半银子。

段有富一看事情掩盖不过去了，想把大事化小，小事化了，就尴尬地笑了一下说，唉，闲话嘛。他看了秋丽一眼说，那天，和秋丽说闲话呢，秋丽出了那个主意，我就叫屈里拐……段有富用巴掌连打自己的头，说，唉，唉，真是老了。

乔秋丽一听，吃了一惊，老东西脑子真是不够用了，把我都供出来了，真是！但她没忘枪口对外这句话，就对铁鹰一伙说，修不修堤是你们的事，何必为娃娃们的一句歌谣上心？大动干戈？

听话听音，这是一鞭子打，恶毒、阴险、刻薄，真不愧是段有富的姘头。一句话把铁鹰说怒了，他向前跨一步，指着乔秋丽说：

你乔秋丽亲自跳出来了。我告诉你，乔秋丽，多少年来，你为段里长出谋划策，搜刮百姓，肥了自己。还曾张罗砌堤修地，收了百姓银子既不修地也不退还的坏主意也是你出的。我们现在要砌堤修地，是该归还这么多年来贪占老百姓的所有银子的时候了。

段有富和乔秋丽几乎同时抗拒，我们哪有银子？

这时赶来了许多百姓，院里院外挤得满满当当，喊声雷动，冲破云霄，还我们银子！还我们银子！

铁鹰他们知道，段有富的所有家产，都是当里长时贪占百姓的，现在该是物归原主的时候了，就组织人力，一边控制了段有富、乔秋丽，一边从地窖里挖出大量金银珠宝。乔秋丽一看害怕了，哆哆嗦嗦地说，我家里还有三十斤银子哩，是他（段有富）一次次送给我的。

段有富、乔秋丽起了“带头”作用吧，从这天起，上秦川一户户贪占了百姓财物的人家都自动缴出了不义之财。在一条支沟里，住着一个叫仝赦的沟霸，听到消息后三天三夜都睡不实，恍惚中总看见铁鹰他们带领百姓，冲进自己的屋子，逼问自己缴贪占的财产。仝赦想上吊一死了之。恰在此刻，他醒了，才醒悟，何必寻死呢？不义之财真是折磨人，不如缴了算了。天亮后，他就挑着重重一担银子，缴给了修堤会。

还有一个叫上官银的人，坏事做绝，不可一世，却得了一种病，不吃不喝。医生说他将不久于世。一天晚上，上官银梦见一位白胡子老头从天上飘飘降到自己身边，提醒自己说，你的病也叫孽障，是你讹诈、霸占了众人血汗钱，心里不安，惶惶不可终日，茶饭不思，睡眠不宁，久而久之，血脉阻滞、郁结就得了此症。上官银忙问，请问，还有救吗？白胡子老头说，如果你把贪占的东西散了，叫财散人安，也许……

上官银眼一睁，白胡子老头不见了，满屋一片漆黑。

上官银想了想，天亮后就把他多年来霸占的银子如数交给了修堤会，说，我同意，你们修了地，分给没田没地的人。

砌堤修地的资金筹措齐了，几十里长堤就开工了。

堤练是这样砌的：在画了线的河滩上，深挖一米宽一米深的沟，再将木橛对称地钉下去，然后整齐地砌上从山上挖下来的石头。

百人千人，说说笑笑，在几十里长的河滩上忙活了起来。白天号子声声，晚上灯火通明，上秦川迎来了有史以来的红火日子。

半年以后，堤砌起了，地修好了，都分给了无地和少地的人家。地分了后，在金陵寺前边的河滩上开了庆祝会，人山人海，人们抬起熊铁鹰掷在半空，大家欢声一片。知县高文敏派人送来了喜报。人们说，上秦川人砌堤修地，为老百姓吃饭、穿衣着想，功德无量。知县讲，要全县各里各甲的人，照上秦川的做法，筑堤修地，以利百姓。

分到新地的人家笑逐颜开，欢声一片，整个上秦川都沸腾了。

不料，却出了事！

庆祝会后的这天夜里，天虽漆黑，可由于兴奋，熊铁鹰难以入睡，就只身一人到村前河堤上转悠。他看见新修的河堤结结实实、整整齐齐，像长龙一样向远方伸延而去。那新修的地，则打了畦子，一块挨一块，长方形，且都垫了厚土，当年就能获得丰收。无地、少地户，多年来，实在太可怜了，这一分到地，没有不高兴的。

熊铁鹰正走着、想着，却不防，身后猛地伸出一根闷棍，向他击来，发出了一股强劲的风声。熊铁鹰觉得不妙，下意识一躲，木棍击在了他的肩膀，疼痛难忍，晕倒了，后被救回。

铁鹰醒来时，躺在山先生家厦屋的炕上，就是他过去睡过的地方。房里站着许多人，不光有山先生老两口，有铁哥队队员、百姓，还有一位郎中是给铁鹰治肩膀的。铁鹰的肩膀被闷棍击得已经胀肿，幸好没有脱臼。

躺在炕上的铁鹰不解地问，这是怎么了？

一个铁哥队队员这才说了前后经过。

这个铁哥队队员一看天很黑，却不见铁鹰，就向河堤走来了，忽然间，他见一个黑影掮根木棍向前边一个像铁鹰的人（其实就是铁鹰）击了去。这个铁哥队队员愤恨极了，就蹦起来，飞出一脚，忽地向那家伙的后腰踢去。那家伙便闷哼一声，从堤上滚下了河滩。

铁鹰问，他是什么人？为什么向我下手？

众人说了原委：那家伙叫黑七牛，油腔滑调，喜欢干一些偷鸡摸狗的事情，和乔秋丽也有勾搭。那一日，他从乔秋丽门上路过，就走了进去，碰见乔秋丽独一人坐在炕头，抽抽噎噎地哭，非常伤心。黑七牛一见，十分心疼，就问，你怎么了？乔秋丽说，我把三十斤银子缴给砌堤会了，想起来心里总不是滋味，多可惜啊。

黑七牛一听可有了话题，说，第一，怪段有富，那家伙叫人家把财宝挖出去了，诱导了你，你就把三十斤银子缴了出去。哼，段有富那老东西真坏。由于吃醋，一有机会黑七牛就对情敌段有富大加指责。第二，黑七牛说，当然，罪魁祸首还是熊铁鹰，如果他不撑头修堤，你的银子怎能失掉？他拍了乔秋丽一把，叮嘱说，你甭难过，我给你出气！

你给我出气？乔秋丽一阵喜悦，不解地问。

对，我给你出气！

你怎么出气？

这你就别问了，但听好事。

谁知，向铁鹰残酷下手的黑七牛被铁哥队队员狠踢了那么一脚，那一脚不仅踢断了黑七牛的腰椎，连肾脏也踢烂了。黑七牛在临死之前，说了他为姘头乔秋丽出气的事。

铁哥队队员们找到了乔秋丽。乔秋丽一个人正在屋里吃饭，是挂面打鸡蛋，扑噜扑噜地正吃着。她见几个铁哥队队员进门来了，免不了一阵惊悸，忙放下碗筷，慑嚅地问，你们，你们……

铁哥队队员说，你把银子交出来了，可又反悔了？

乔秋丽结巴地说，没，没悔，没悔呀！

那怎么黑七牛会给你出气？

是他自己说要给我出、出气。

乔秋丽想，现在正是讨好的时候，就把段有富推了出来，说，段有富对你们修地才真正不满，恨之入骨。

此话怎讲？铁哥队队员问。

乔秋丽说，他暗地组织了几个人，内里就有黑七牛，谋划要杀你们铁哥队队员，并说先要从熊铁鹰头上开刀。

真的？

我乔氏不敢胡说。

都组织谁？

乔秋丽说，有胡结实、王舍生、柳书虎……

铁哥队把段有富和胡结实那些人叫到一起，还没有问，胡结实他们就说，是段有富组织他们实施谋杀的，并说，杀一个队员他给二百两银子；杀死熊铁鹰，给五百两银子。

段有富一看事情全部败露了，就把自己心里话全讲了出来，说，说老实话，我那些家当（财产）也不是轻易得来的，是我担任里长时一点一点积下的。在积那些家当时，我常常吃不好，睡不好，劳心费神，担惊受怕。可现在叫你们老牛一口吃了，我甘心吗？

段有富心灰意冷，长叹一声，停了一会说，事到如今，你们要杀要剐，随便，反正我已是有今儿没明儿的人了。他说到这里，老泪横流。

铁哥队队员这才知道（其实村里人早已经传开了），段有富患了食道癌，饭都吃不成了。

对于病入膏肓的坏人，你能怎么办？总该讲些人道吧。

由于段有富案件的暴露，使铁鹰他们倍加警惕，坏人贼心不死啊。于是，一号召，各村就自动组织起了铁哥小分队，习刀练棍，保卫起老百姓的利益来了。

第七章

20

熊铁鹰带领三十名铁哥队队员，登上了熊耳山。

熊耳山西边有个山凹，从山凹向东，一级级石阶路绕来折去，一直通到山顶。站在山顶，环望四周，尽收眼底。朝东向下斜视，商县城一片瓦屋看得清清楚楚。熊耳山的建筑全在朝西的山腰（因为南、北、东三面都是悬崖），沿石级路侧一处又一处，房间大小、多少都不一，依场地大小而定。如铁鹰的卧室就不大，在显神庙东边，地方就那么大。队员们的下榻建了三处，上台、中台、下台……一处屋脊就在另一处屋的门前。灶房建在山的根部，即山凹处的一块平台上，平台又是练武场。在练武场西边，两排巨石中间，安了宽厚的木门，整个熊耳山就安安全全处在“院内”了。

书着巨型“铁”字的大旗插在大门边，另一面插在山巅。随风猎猎作响，气势磅礴。

还有两面大鼓代替了军号，一旦敲起来，咚咚咚，全上秦川都听得到了。

熊耳山的所有建筑，都是向木耳主持修建的。起初，山金秀是不同意修的。当向木耳对妻子讲修山寨请熊铁鹰上山驻扎的事以后，山金秀沉着脸，冷冷问了一句，让他（铁鹰）驻山上干啥？

向木耳便把铁哥队驻扎熊耳山易守难攻的军事意义和震慑五条川（窨峪川、上秦川、金岭川、五峪川、麻街川）的重要性如给铁鹰讲的那样说了一遍，接着神秘地一笑，说，让他和你也近些。

山金秀一听可严肃了，质问一句，你说什么？

向木耳也严肃了，说，我说错了吗？铁鹰他和你从小在一起，不是兄味，胜似兄妹，如今住近一些，常常相见，有何不好?!

金秀说，如今大了。

木耳说，大了怎么？

木耳眼里含满热泪，对妻子金秀无比感激。正是金秀心地善良，宽宏大量，把麦珍母子接来住在那小院落里，麦珍不愁吃，不愁穿，儿子有学馆读书，他木耳也能见他们母子俩，心里宽慰了。

金秀看出了丈夫的心思，说，他铁娃跟麦珍娘儿俩不一样，麦珍娘儿俩孤儿寡母的，可他铁娃呢，叱咤风云……

叱咤风云咋？叱咤风云至今还没个家，也没个人说话。如果他驻在熊耳山，离咱近了，他可以来咱家说闲话，你也可上熊耳山转转，把栗树也领上。

金秀以为木耳想起了她和铁娃的关系，就说，看看看，你你你，吃醋了？

木耳反驳说，吃啥醋？啥都是吃醋吗？难道我一见麦珍娘儿俩你就吃醋了？我看出，你没有吃醋，没必要吃醋。当然，我也不会吃醋，也没必要吃醋。我说的是实话。木耳说到这里，把金秀抱在怀里，流着泪说，你把麦珍娘儿俩接来，我怎么感谢你都不够啊。人心都是肉长的，我忍心让铁鹰永不见他的儿子、他心爱的人吗？

木耳的肺腑之言把金秀说得深深感动了，紧紧抱住丈夫。二人都哭了，啊，世上的事，能说得清吗？

三十名铁哥队队员都是来自各村各社最底层的年轻小伙子，一个个都是除恶扬善的好汉。他们大多数无家无室，一到熊耳山，如同回了家，高兴得不得了，又蹦又跳又唱。每天天还黑着，他们就起床了，在练武场操起棍棒，舞起大刀，杀声阵阵。

正月十五刚过，铁鹰便和大家坐在一起商量事了。他说，咱们是除恶扬善的，除恶也好，扬善也好，归根结底一条，保卫百姓把日子过安宁，过好。既如此，就不能给百姓增加一点负担。吃，要靠自己；穿，也要靠自己。

有几个年轻的队员问，怎么靠自己？

铁鹰说，咱站在熊耳山崖畔，看北边脚下，那一洼一洼地方，长满荒草杂树，那是无主荒坡，土却很肥，咱们把那地方开垦出来，种苞谷、小麦、杂粮。一年下来，保证有饭吃，不会饿肚子。

铁鹰说，再看南边山脚大洼儿，荒草洼，多向阳，咱们应当把它开垦出来，种棉花。棉花就喜欢向阳地方，种棉花保咱们会有衣裳穿。

听了铁鹰的计划，队员们都很高兴，连连拍手叫，好啊！好啊！

刘家庙街上就有铁匠炉，他们定做了三十把镢头，又请木匠安了把，便掮上山，立即干了起来，挖地点了洋芋，种了早苞谷，种了棉花，种了瓜豆。

一天，在北洼种地时，铁鹰看到有那么大的平整地方，整个开垦出来，种上庄稼，能养活几十口人呢。铁鹰坐在地边歇息时这样想。这样一想，他竟笑了，给队员们说，弟兄们，我们固然是一支除恶扬善的武装力量，但是，人非草木，各人还应该成家，娶妻生子。如果家里有条件，就在家里办事，无家可归的，就来熊耳山安家。瞧，这北洼地方多好，盖房住家，公私两不误。

说得大家都高兴了，是啊，这真是个好办法。

庄稼种到地里以后，铁哥队队员们就排上长队，掮上棍棒或者大刀出发了。铁哥队队员的装束是这样：白粗布衬衣，黑布衫，蓝裤子，黑布鞋，白粗布袜子。这样的打扮肃穆、干练，特有精神，也富战斗力。他们在五个川的各村各社齐齐走了一遍，精神饱满，斗志昂扬，是一种人们从未见过的气魄。他们还不时喊口号：

除恶扬善，安居乐业！
不准讹人，不准欺人！
不准霸道，不准贪占！
男女平等，童叟无欺！……

铁哥队每到一个村庄，百姓往往就提前赶到村口，站在那里拍手迎接。

有些有权有势的人家，不知是畏于威慑，还是思想开明，也挤在欢迎的人群中，高呼“欢迎”。张湾村一个大户人家，还蒸了白馒头，煮了大苞谷糁子，请铁哥队队员吃。有队员就说，富人的东西，咱不是不吃吗？铁鹰笑了，说，我调查过，这一户本是耕读传家的慈善人家。

当然，也确有“阴阳”脸的。有一天早上，铁哥队刚操练完毕，一位瘦骨嶙峋的老头赶来，一见铁哥队的人就跪下了，哭着说，救救我吧！救救我吧！

铁鹰连忙把老人扶起，问，怎么回事？

老头说，我叫晁仁义，南湾人，村里有个大财主，叫晁占财，坏得很。你们那天去南湾村，我们十八家佃户站在村口欢迎你们，晁占财也去了，可过后他就变了脸，骂我们说，铁鹰他们是你们的婆，还是你们的爷？他们一进村，看你们高兴的样子。你们种我的地，住我的房，却胳膊肘朝外拐。从今日起，每亩地加收一斗租子，三日内缴清。

大家说，租子都缴过了，又加收，让我们活不活？

晁占财骂道，活不成死去！

三天过了，没有人缴，因为无粮可缴。晁占财怒了，带上几个家丁登门勒索，弄得房响锅炸，鸡犬不宁。几户人力争，他们就打，结果把三个人的胳膊、腿打断了，睡在炕上不能动弹，疼得爹呀娘的叫。还有两个人，硬被他们打死了，头被打烂了，脑浆都流了出来。

真是草菅人命，无法无天！铁鹰问，人埋了吗？

晁仁义老汉说，咋埋？棺材没有，老衣没有，还放在场里，老婆、娃娃只是哭。

铁鹰连忙集合起队员，说，走，看看去！

铁哥队队员们真是精兵强将，下了山，过了河，翻过南山岭，早饭时节就赶到了金岭川的南湾村。他们看到那两具尸体和那哭叫的可怜的老小，真是气不打一处来，就向晁占财家赶了去。

晁占财正坐在自家堂屋太师椅上抽旱烟。他知道事闹大了，可一时不知怎么办。但又想，那些人活该，活该死！寿限到了！

恰在此刻，大门外冲进一伙人，怒火冲天，气盖山河。他们是铁哥队队员们。铁鹰问：

晁占财，你打死、打伤了那么多人，怎么办？

晁占财瞪了铁鹰一眼，说他们福享够了，寿限到了，与我何干？

哼！铁鹰知道，像晁占财这样的东西，到死也不会认错。那么，与这样的东西有什么可讲的呢？他不仁，咱就不义，以其人之道，还治其人之身。他向队员们使个眼色，几个队员上去三下两下就绑了晁占财。在这当儿，晁占财喊他的家丁，喊他的家人，却没有一个人应。原来他们早都吓跑了，只剩晁占财这个孤家寡人了。

铁鹰把几个甲首找来，商量怎么处理那两个死人？

甲首说，亡人入土为安，要晁占财先拿出银子，买棺材，买老衣……

有人说，晁占财不答应怎么办？那家伙爱钱如命啊。

铁鹰说，他们家的东西，本就是百姓的血汗。咱们成立一个登记小组，进驻晁家，把所有财产，包括细软都一一登记，从中提取埋葬费。几个人的治伤、养伤费也从中提取。再给他的家人留一点，其余全部分给村里没衣穿、没饭吃、没房住的人家。

一个甲首问，对晁占财咋办呢？

铁鹰说，按照自古以来的通理办事，杀人者偿命，杀了算了。

铲除晁占财的时候，搭了天棚，天阴了，还洒了一阵雨，正应了那句俗语，魔鬼不走干路。

刑场设在村前河边那棵歪脖空心柳树下。河滩上看热闹的人很多，上下各村的人都来了，人山人海。那儿搭了个简易台子，铁哥队队员把五花大绑的晁占财押在台子一角，由村上人一个一个历数其罪状。在这过程中发现了晁占财竟有一件不被众人晓得的劣：多年以前，有一天，他到佃户格衫子家，见家中没有其他人，就上炕要对月婆子发泄兽欲，月婆子祈求，不能不能。晁占财骂道，什么不能？老子急。他妈的！在他愤愤中，不料把婴儿撞了，婴儿啼哭不止。谁知，晁占财三脚两脚，把婴儿踢死了，还把月婆子奸污了。晁占财还是人吗？早该死！

众人历数了晁占财的恶迹后，熊铁鹰一字一句读了对晁占财的判决书，最后宣布：

执行斩首！

好！杀了好！杀了好！千人百众一声喊，山川震荡。

晁占财得到了应有的惩罚。斩者技术精湛，没把那头一刀砍掉，而是留了点肉皮，可以咯唧咯唧滚动，人们把那叫金线吊葫芦，据说是对罪大恶极者的奖赏。

嗣后，百姓对恶人就有了一句警告语：莫非你要金线吊葫芦吗？这话一下子传遍了四乡八镇，百姓们无不拍手称快。有劣迹的人就收敛了许多。熊耳山方圆出现了少有的安宁。

还有一事。

一天清早，老秀才刚一开门，就有一个人扑进来，跪在面前，哭也似的求道，伯伯，请帮帮我！请帮帮我！

来人叫丧皮，是老秀才的远房侄子。老秀才叫他站起问，啥事？

丧皮说，桃树沟有个姑娘，叫会玲，人很聪明，你给我说个媳妇。

老秀才去桃树沟一说就成，可人家要二百两银子呢。

丧皮说，没事没事。伯伯，你给我先垫上，喜事办了就还。

老秀才是爱面子的人，那头说妥了，这头没银子，咋办？他只有给垫了。

但媳妇早娶进门了，丧皮却不还老秀才给垫的银子。老秀才这才认清丧皮果是无耻之徒。丧皮的妈很漂亮，被里长看上了。丧皮很高兴，就拜里长为干大（爹），里长就和丧皮他妈勾搭上了。丧皮的爹没办法，气得上吊，死了。

老秀才想，对这样一个所谓的侄子，怎么办？一时无奈。

此事让铁鹰知道了，上门来说，老人家，我去给你讨要银子。

老秀才一听害怕了，不不不！不不不！他担心铁鹰要丧皮的命。

铁鹰哈哈笑了，哪能?!

铁鹰把老秀才领到里长家，一见面就说，里长，你有个好干儿子，说媳妇时让老秀才给垫了二百两银子，至今还一文不给。你说咋办?

这事里长知道，心想如果再拖下去，连我的命都不保了，就忙代干儿子付了二百两银子。

这事让会玲知道了，可恨自己嫁了这样一个不要脸的货，就远走了。村人说，这叫鸡飞蛋打。又有人说，还是孝顺娃，给他妈找了个多好的野男人啊!

21

熊耳山铁哥队绝不是乌合之众，用现在的话说，那是一个正儿八经的单位，是一个实体，它是经过知县默许的，更是深受百姓拥护的。每逢四时八节，百姓总要送来米、面、腊肉等东西。今年过年，南湾村百姓还送来了一头杀了的猪，刮得白白净净的。

铁哥队设有管账的、管钱的、管物的，他们日清月结，张榜公布，使人人心里明白。

有一天，铁鹰给大家说，虽然咱们种了庄稼，种了棉花，吃穿不愁。但坐吃山空，我想，咱们个个身怀绝技，人人武艺超群，闲着无事，不如揽个活儿。

什么活儿?担粪、倒尿?大家问。

铁鹰说，不是担粪，也不是倒尿……

大家抢着问，那是什么活儿?

铁鹰哈哈笑了，说，当保镖。

当保镖？

对。铁鹰说，给人担挑子的人，长途跋涉，又苦又累，还不安全，往往宿在一个山间小店，半夜三更，土匪来了，货物被抢劫一空，甚至还要挨打，多可怜。咱们给他们当了保镖，当然就不一样了。

他们给银子吗？一个队员问。

铁鹰笑着答，当然给银子，还管吃管喝，偶尔还会抿几口小酒儿。

那好那好。

另一个队员说，还能走州过县，去大地方看景呢。

于是，铁鹰写了布告，一式数份，贴在乡镇，连县城东、西门口也贴了。其布告内容是：

布　告

兹有我队队员武艺高强，为了货物流通安全，抽出一部分力量为商家提供保镖服务。如需要者，请与我方联系，以洽谈具体条款，签订合约。

联系地点：刘家庙兴盛商店房先生

县城西街万隆商行高先生

熊耳山铁哥队

明朝万历二十六年九月十六日

布告贴出没几天，就有商号联系，结果抽出二十名队员签订了八份合约，兵分数路出征了。记保镖队发生了一件惊心动魄的事。

那是个冬天，由金柱子、汪铜锤、郭彪伍三人组成的保镖队，护送一批重要东西从商县城到长安府去。头一夜宿在黑龙口，平安无事。第二夜到了韩家坪，平安无事。第三夜到了流峪口，店主是个黑脸大汉，满脸络腮胡，大肚子。金柱子仨人同担货的人肚子都饿了，每人吃了一老碗油泼面、两个花卷馍，喝了半碗稠面汤，吃饱了，也困了，就开始睡觉，睡的当然是通铺。金柱子是保镖头儿，多了个心眼，他问店主，明天天气咋样？这是行话，意思是有土匪吗？安全吗？店主也答了句行话，天气晴朗，没有云。意思是，很安全，没有土匪。

店主的话天衣无缝，但金柱子却发现了破绽，店主说话时略有点迟疑，神色也有点诡秘。金柱子便给汪铜锤、郭彪伍使了个眼色，给挑夫们说了句黑话，好好睡吧，乏了！意思是，小心点，警觉些。

峪口寂静，店里寂静，只有屋后高坎下溪流哗哗哗、哗哗哗的声音。挑夫们睡了，金柱子他们三个保镖也睡了。店主还没有睡，掌灯在屋里拾拾掇掇。这时候，外边有人敲门。店主开了门，是个年轻人，长相平平，他说，掌柜叔，借我些银子。

借多少？

五两。

行，没麻达，明早来取。

好。借银人走了。

这几句话。虽然简简单单，却是黑话。意思是，货不错，动手吧。

到了半夜，金柱子处在朦朦胧胧的睡梦中，只听窸窸窣窣什么声音在响。他警觉起来，微微睁开了眼，在黑暗中，发现了奇异现象：有人蹑手蹑脚走到通铺炕头，把挑夫的衣服一件件轻轻放在后墙角，用被单盖了，那个人竟是店主。金柱子意识到有情况，就用脚轻轻蹬了一下睡在那头的汪铜锤、郭彪伍。其实汪铜锤和郭彪伍也没有睡实，同样发现了店主偷走衣服的事。他们正要问个究竟时，忽然门被推开了，扑进来一伙如狼似虎的人，首先把睡在通铺边上的两个挑夫绑了。一场惊心动魄的事就这样发生了。显然，他们要把住店人一个个都绑了，把店主也绑了，再把货物劫走，造成土匪抢走了货物的假象。

金柱子他们一点都不敢怠慢，大喊一声，土匪来了！好在他们虽然只有三个人，但武艺超群，拾起一根木棍，左右开弓，呼呼呼地打起来，如风扫残云，把土匪打得躺在地上，东倒西歪，一声声哭叫，喊着饶命！店主也哀求了，向金柱子他们连连作揖，说客官，请放了他们，都是可怜人，再说，小的以后还要开店呢。意思是，你不放他们，土匪以后骚扰我咋办？他这样讲，显然是使了个金蝉脱壳计，表明“土匪与我无关系”。金柱子他们自然不会上当。这时，挑夫们早就起来了，不见了衣裳，只有披着被子或者赤身。金柱子对店主说，赶快把衣服给大伙！

店主却明知故问，他们的衣服在哪？

你不知道吗？

我怎么知道？

金柱子只有揭了老底说，你藏了客人衣服，好让我们束手待擒。说罢把后墙角的衣服取来，在挑夫们穿衣服时，金柱子把店主绑了。

店主乱蹦着，你们绑我干什么？

金柱子轻蔑地一笑，问土匪，该不该绑？说实话，不然一锅煮！一锅煮是当地的一句方言，意思是，一块绑了，打得皮开肉绽，屁滚尿流，哭爹叫娘都来不及。谁能受了这样的罪，一个土匪就哆哆嗦嗦说，该绑！该绑！这个土匪就是敲门进来向掌柜叔借银子的那个年轻人，还比较老实，他说店主是我们的头。

另一个土匪说，我们上了船，下不来了，其实都是给店主卖命的，店主在村后盖了一大院房，家里啥东西没有？

还有一个土匪说，店主手中还有三条人命哩！

原来，这是一家黑店，店主靠杀人、打人、抢劫住店客人的货物而发了大财。左邻右舍知道，可谁也不敢说。就是这样一个魔王，却不服输，靠着他的一些功夫，竟挣脱了绳索，也是狗急跳墙，骂着说他罪恶的那几个人，你们是喂不熟的狗！随后好好收拾你们。接着，他伸出铁砂掌，向金柱子击杀。金柱子敏捷，身子忽的一躲，那一掌击在界墙上，界墙摇晃了一下，差点被推倒。保镖郭彪伍发现黑店主是一个狂徒，难怪手中有三条人命，让这样的东西一直这样下去，还不知道祸害多少无辜。不如收拾了算啦。铁鹰不是说，我们除恶扬善吗？见恶不除，何为铁哥队的人？如此一想，就顺手捞起一根木棍，忽地一声，向黑店主头上击去，店主的鲜血脑浆四溅，送了小命。

这时天亮了，方圆人都围上来，都说好，除了一条害人魔鬼，太好了，太好了，

这一下，铁哥队的保镖名声沿路一传几百里。

一段时间之后，铁鹰召集大家在熊耳山议事厅总结押镖队的功过。首先，保镖队的成绩很大，不光带回了可观

的收入，还迎来了可喜的口碑，都说铁哥队保镖机智、勇敢，既保了货物，还除了几个恶棍。但是，铁鹰说，一般来讲，对抢劫越货的土匪以警告为主，给他们一条活路。

不久又发生了一起特殊的抢劫案。

那是仲秋，铁哥保镖队一行六人护送一批货物从商县去湖北郧阳。去时一路平安，返回时他们走到一个叫三岔口的地方却出了麻烦。三岔口是一条峡谷，从东边又伸出来一条小峡谷，两条峡谷交汇的地方，就叫三岔口。三岔口狭窄，只有一条路，没有住户。三岔口是险地，土匪常在这儿抢人。这一天，铁哥保镖队护送挑夫们走到这儿时天已黄昏了，可前不着村，后不着店，人又累，咋办？就只有停下来歇息歇息再走了。不料，从东边峡谷突然横空扑出一伙土匪，黑鞋黑衣黑帽子，大喊一声，人不伤虎心，虎不伤人意。留下买路钱，走人！

挑夫们惊呆了，个个坐在货担前一动不动。

保镖队员便和黑人（土匪）们对打起来。黑人们虽无棍棒刀矛，可都身怀绝技，和保镖们对阵不分上下。不过，到底还是保镖队武艺高强，几个回合后，黑人们便败下阵来，向东峡逃去。铁哥保镖队员想，如果他们回去搬了大队尾随而来，那就更麻烦了，倒不如追上他们，教训一下，让他们再不侵犯，岂不更好？于是就顺东边小峡谷追了去。

挑夫们等了半天，天黑了，既不见保镖们回来，也没喊声，不免十分害怕，以为保镖们定是被土匪收拾了。六个人，六条命啊，又在这远天远地的。他们商量后，只有派两个人进小山峡去，探个究竟。

月色朦胧，小峡谷迷离，再加有一株株树影，愈加看不清楚。但是奇了，偶尔有窸窣的声音，甚至还有悄悄说话的声音。两个挑夫猫腰仔细一分辨，都猛吃一惊！只见那坡坡跟或是树跟前，一个个保镖队员竟与土匪互拉着手，或者拥抱在一起，亲热地温存着。保镖和土匪，两个敌对势力，怎么成了兄弟？

原来，那几个土匪，不是男性，都是女的。她们有的是受丈夫虐待逃出来的，有的是被富人霸占将要当小老婆时而逃跑了的。她们无处去，恰巧小峡谷顶端有个山洞，就集中起来住进去，过一天算一天。但吃用怎么办？她们知道三岔口是个空旷地方，时有挑夫通过，无奈间换上一身黑衣服，女扮男装，干起了行窃事。不料，今夜却遇到了铁哥保镖队，发现他们人人武艺都比她们强了不知多少倍。

再说铁哥保镖队。他们在与黑衣土匪的交手中，突然意识到蹊跷，他们武艺虽然娴熟，却怎么身姿柔软，叫声也尖细？于是，就不约而同使出一招，抓住了他们的手，抓住手后，禁不住啊了一声。因为她们的手虽有功夫，但毕竟纤细绵软。当最终发现青衣土匪是女人时，铁哥保镖队员们心一下软了，油然产生了一种爱意，就情不自禁地抱住了对方。亲起了嘴。

黑衣土匪发现保镖们对她们不仅宽容，还那么爱抚，心一下动了，酸楚楚的，想哭。哪个男人对她们能够这样？也是异性相吸的缘故吧，就一个个不由自主地偎身于保镖的怀抱，讲了自己身世，并说，我们压根也不愿拦路抢劫啊。保镖队员也说了自己情况，并邀请道，上我们熊耳山去，咱们相亲相爱结成夫妻吧。

熊耳山欢呼了，沸腾了，一下子从湖北领回来八个媳妇，不仅年轻、漂亮，个个还有武功，真正是好客宿在一个店里了。

这可忙坏了铁鹰，他便求向木耳，一同选址、备料、请工匠，整整忙活了一个多月，在北洼盖了一院十二间房，为兄弟们办起了喜事。

办喜事的这日，天气晴朗，太阳红红的，没有一丝风，整个熊耳山前后的父老乡亲都来了。上秦川各村有关人来了，新郎家亲戚邻人也来了，新庄子的屋里屋外，院里院外全是人，红红火火，喜气洋洋。

婚礼是独一无二的，空前绝后的。是呀！哪有八对新人同时在一块结婚的呢？

主持结婚仪式的人是铁鹰的义父，也就是向木耳的岳父山先生，是铁鹰亲自请来的，铁鹰把义母也接来了，仿佛是他自己在结婚。但是，金秀没有来，在这样的公共场合与铁鹰见面，她觉得很不方便，推辞说矿上事忙脱不开身。其实自铁哥队进驻熊耳山后，金秀虽牵肠挂肚，却一次都没有去过，铁鹰也没有到向家去过。

结婚仪式开始了，新郎、新娘穿戴一新，在院中站了一行，山先生扬声喊道；

一拜天地。

二拜父母。

三拜铁哥队长熊铁鹰。

夫妻对拜。

入洞房。

开席了，没有七碟八碗，而是一锅煮，也叫大烩菜，有红白萝卜，有油炸豆腐，有粉条，还有方块红烧肉，饭是小米红豆干饭。一盆香喷喷的大烩菜端上桌来，人人就夹着大吃。

熊耳山更热闹了，铁鹰队力量更壮大了。

22

熊耳山热闹了，力量壮大了。铁哥队队员们高兴，熊铁鹰也高兴，可是有一个人却沉默了，甚至有些郁郁寡欢，这个人是谁呢？这个人不是金秀，而是向木耳。为什么？

向木耳是一位宽厚的人，一位讲义气的人，他想到铁鹰一个人孤苦伶仃，没有人知冷知热，多可怜。芳芳要嫁给他，但铁鹰不娶，木耳和岳父山先生给铁鹰物色了几个姑娘，他还不娶，上次那几个保镖队员从湖北带回来的女人，不是还剩两个吗？都年轻漂亮，水灵灵的，让他挑一个，他也不，只好给了另外两个队员。为铁鹰的婚事，木耳和金秀商量咋办？可金秀总是冷冰冰地说，犟牛一个，管他做啥。但木耳毕竟是细心人，他见金秀虽然嘴里那样说，脸色却很沉重，心里也不舒服。于无奈下，木耳想出了一个怪招，在熊耳山西边的山垭，两块山样的巨石跟前，要修一座月老庙。为什么修月老庙？说实话，连木耳自己也说不清楚。

经过不长时间，月老庙修起来了，虽然较小，只有一间，但五脊六兽，非常气派。双扇庙门是枣红色的，端端正正面对着高高的熊耳山，也就是说站在月老庙门口，熊耳山的山门、旗帜、山上一层一层的建筑以及山顶的显神庙都看得清清楚楚。

月老庙里，塑着月老像，一个慈眉善目而又颇具城府的老先生坐在那儿，面前的桌案上，放一本厚厚的婚书。相传天下某个男的和某个女的是夫妻，在月老那本婚书上早就写好了的，月老翻书一查，就明明白白，月老便从他左手提的布袋里掏出一根红线，把那男的女的拴在一起，这叫捆绑不分离，也就是夫妻了。

向木耳之所以修月老庙，敬奉月老爷，是感谢月老把他和金秀拴在一起，成了夫妻，还是指山金秀和熊铁鹰本应是一对要好的夫妻？反正，他叮咛金秀，每遇初一十五，你要带上好吃食，上山去敬奉月老。他还给铁鹰说，每逢初一十五，你应该进月老庙，敬敬月老神。

当然，向木耳之所以修月老庙，塑月老神，敬月老神，私下里还有个说法，说向木耳曾不止一次地发现，在熊耳山顶最高处，有一只雄鹰蹴在那，向向木耳家院子里张望，望孩子们玩耍，望金秀进进出出，一望就是好长时间。但那不是雄鹰，而是铁鹰，熊铁鹰！因此，有人说，向木耳心好，大度，他修了座月老庙，是让铁鹰和金秀兄妹俩每月初一十五去会面，牛郎、织女一年才相会一次，时间太久了，而他向木耳则要让他（铁鹰）和她（金秀）一月两次相会，多慈悲、善良，多善解人意。尽管铁鹰和金秀一次都没有去幽会过。

这样一位诚心感谢和崇敬向木耳的人，怎能害死向木耳呢？

除非，人就那么复杂？或者说，装得那么像，藏得那么深？

山金秀听了侃囤的话，定要设法搞个水落石出时，熊耳山却发生了另外一件事。

23

夜深了，星斗满天，四山寂静，没有一点声音。熊耳山的议事厅里却灯火通明，铁哥队的人围坐在桌旁的长凳上商量话。熊耳山愈加热闹了，因为人员增加了，添了那么多女同胞，事情也多了，除了除恶扬善，让上秦川方圆百姓安居乐业外，开荒种地，养鸡、养猪、养羊过日子，还要扩大保镖队的业务。

围绕这么些话题，大家出主意、想办法，气氛热烈融洽。铁鹰很高兴，说，今夜特地犒劳诸位。因为，今天下午，几个队员因事到鸡山去，回来打了一只野山羊。灶房里正在炖肉，满山飘香。另外，前几天，全湾百姓还送来了几坛苞谷酒。众人听了，口水直流，都拍起了手，连那几位湖北大嫂也笑逐颜开，乐不可支，连喊，好啊！好啊！

正在此刻，门外突然冲进一伙执刀的人，大声叫道，杀！杀！

铁鹰他们是训练有素的强将，个个功夫在身，立马机敏地翻过身，与他们对打起来，没经过几个回合，就把他们的刀打落在地。接着，打起了交手仗，把凳子都撞翻了。对手很顽强，打了半天，他们才输了。原来这些人中有熊佩奎的外甥，段有富的儿子，王三蛮的哥们，连赵见堂也来了。他们见铁鹰的铁哥队毁了他们花天酒地的好日子，便怀恨在心，终于勾结在一起，拜师偷偷学习了些日子，就冲熊耳山来了。他们也真残忍，摸到山门口，杀死了守门人，就登上山来，妄图将铁鹰他们斩尽杀绝，以解心头之恨。

怎么处治这一伙刽子手？铁鹰还没有成熟意见，心想，吃了喝了再说吧，就到灶房去看饭菜好了没有。当他返回议事厅时，不禁暗吃一惊，为何不见了来犯之敌？跑了吗？

强悍的郭彪伍站出来，对铁鹰两手抱拳说道，大哥，我让他们给咱的守门人老实陪葬去了。

陪葬去了？

是的，

怎么陪的葬？

推下崖去了。

熊耳山北边，不知什么年代地震时，垮下一半，形成了个刀切崖，高达千仞，而那崖脚，是散乱的大小石头，咧嘴龇牙，俗称乱石窖。大家也是义愤填膺，听到郭彪伍的提议，他们就把那些家伙忽地推下崖去，发出了一阵呼呼的风声。

铁鹰一听，沉默半天，没有说话，他想起老实死了，心里很难过，流出了泪，说了一句话，明早把老实兄弟的老娘接来，咱们赡养。

第八章

24

向木耳遇害后，山金秀闷闷不乐，郁郁寡欢，暗地流了多少泪。那天天没亮就醒来，她想起丈夫种种的好，眼泪把枕头都濡湿了。是啊，丈夫喜欢自己，信任自己，过门第一晚，就把家里的账给自己缴了，把“银窖”让自己看了，钥匙交给了自己；尤其当木耳那晚发现自己身怀有孕时，却不嫌弃，谅解了自己，接纳了自己。栗树生下后，长这么大，木耳一直把他当自己的亲生儿子，百般呵护，疼爱有加。有一次，栗树病了，天又下雨，木耳就把孩子抱到鸡山下，请老郎中看，回来后他浑身湿透了，紧紧抱着的孩子身上却热热的。有了二树后，他就抱着栗树睡。小栗树紧紧偎着他……木耳是多好的人啊。

金秀决心要找到凶手，为丈夫报仇。可凶手在哪里？是谁呢？乔侃囤说，害死木耳的人是铁鹰，有可能吗？金秀否定了。铁鹰是那样的人吗？木耳对他那样好，请他们铁哥队上熊耳山，并修了路，盖了房，平了练武场，还修了月老庙，让他和自己初一十五约会，谁能做到这点？铁鹰能对木耳下毒手吗？侃囤给自己说，嫂子，你不能太善良了。你以为，如今的铁鹰还是当年的铁娃吗？如今的铁鹰杀人如麻，什么事干不出来？金秀的确善良，心里疑惑，惨事真的是铁鹰干的吗？世上这样的事还少吗？杨斜有两个结拜兄弟，两人好得赛过亲兄弟，可终了一个人把结拜兄弟杀了，与其妻成了亲。铁鹰在她面前从没流露出一丝一毫对木耳的嫉妒啊。如果是铁鹰干的，那还得了！天底下谁敢相信谁啊？

这天早上，金秀坐在堂屋椅上心里正这样七上八下想着丈夫木耳的事时，大门外进来两个人，一个是乔侃囤，另一个脸色焟黄，很瘦，眼睛清亮，放一种邪光。乔侃囤进来坐在另一把椅子上，就给金秀介绍说，嫂子，这个就是看见铁鹰害死我木耳哥的人，他叫黄猫。接着对黄猫说，黄猫，你给嫂子说说，你看见铁鹰害死木耳的详细情况吧。

黄猫吭哧了一下，说，我是五峪川人。腊月二十八那天吃了夜饭，就要上熊耳山担炭，过年没啥烧嘛。天黑多时了，我走到北小沟，只见前边影影糊糊一个人伸一条绳忽地缠住了前面一个人的脖子，使劲一拉，那人倒了个面朝天，嘴里一阵呜隆呜隆，就不叫不动了，显然死了，那人就把那死人拉到沟里边去了。黄猫说，我看得清清楚楚，那害人的人是熊铁鹰。我吓坏了，趴在黑影里一动都没动。我没一丝劲了，炭担不成了，就摸回了家，第二天托娃他舅才买了一担炭。黄猫说，这是我亲眼见的，句句是实。

金秀沉默了半天，这、这……既是这样，咋办？

乔侃囤说，这还不简单？上告县衙呗！

金秀很犹豫，顺嘴说，听人说，如今上告需要银子，那得多少银子？

乔侃囤说，要银子做啥？咱有熟人，老关系呢。

金秀问，什么老关系？

乔侃囤说，你见过的，田粮处廖春晖，和我是老朋友，他向知县说句话不就对了？

乔侃囤又向黄猫叮嘱一句，到老爷大堂你要作证，可不能害怕。

黄猫翻眼看了侃囤两眼，说不怕不怕。

乔侃囤对木耳的死这么上心，已引起了金秀的警觉。或者说，乔侃囤的所作所为，一言一行，引起了金秀的怀疑，但她嘴里却说就按你想的办，多谢了。

乔侃囤准备上县城找廖春晖，和廖春晖商量如何向知县高文敏上诉熊铁鹰杀害向木耳的罪恶时，却被熊铁鹰突然抓去熊耳山，抓去的还有黄猫。

事情如此发展，是怎么回事？

这就要先说说乔侃囤了。

乔侃囤生于黑水峪，其父是土匪、杀人劫货，手里有两条人命。乔侃囤五六岁时，土匪父亲给他一把皮鞭，要他对拴在树上的那头牛楞打，以此培养儿子对人要恨要狠，绝不留情。唯如此才能处处事事获胜。“恨”和“狠”二字就在小侃囤心里扎下了根。不久，乔侃囤的土匪父亲被地方绑了往县上送时，因他谩骂送他的人，所以在半路上就被杀掉了。侃囤的母亲嫁到熊耳山，把小侃囤也带了来。侃囤的继父是向木耳的门中叔父。按说侃囤跟向木耳当和睦相处，可他嫉妒木耳家富裕，因此被他娘带来后就对木耳不满。随着年龄的增长，他对木耳愈加嫉恨。

乔侃囤为了对付向木耳，想方设法认识了田粮处长廖春晖，让处长侮辱（鸡奸）他。有一天，他把他恨向木耳的事讲了，处长果断地说干掉他！

其实，处长要干掉向木耳还有个原因，他多次来到侃囤家，自然认识了向木耳。他总想，向木耳开煤矿，会给他进贡银子的。可向木耳却没有给他进货，他就给侃囤说你到向木耳跟前给我借些银子。侃囤去了回来给处长说，没有借到。处长一听，怀凝乔侃囤把话没说清，就亲自出马了。他到向木耳家，说我家盖房正缺银子，请向掌柜借给我些银子。

向木耳知道廖春晖的为人，哪是借给他银子？那是肉包子打狗一去不回，也是刘备借荆州——有借无还。就说廖处长，我近日手头紧张，请谅解。

廖春晖碰了一鼻子灰深觉伤了脸，就对向木耳怀恨在心，所以就给乔侃囤出了干掉向木耳的主意。

乔侃囤什么坏事干不出来？他一听处长的话，决定自己动手。所以，腊月二十八那天，他也去刘家庙上集了，一直留意着向木耳的行踪。半后晌，他把向木耳请到他的一个狐朋狗友家里，喝了一回酒。待向木耳喝得酩酊大醉时，他同向木耳一起回家。刚走到北小沟口，天早就黑了，乔侃囤便从屁股后抽出一条拴牛麻绳，从后边套住向木耳脖子拉倒了，向木耳的后脑勺恰巧碰在一块老碗大的石头上，血流不止。他把向木耳勒死后，拖进沟内，将尸体用枯叶盖了个严实。乔侃囤以为此事干得漂亮，神不知鬼不觉，可谁知露了馅，被一个卖炭人在后边看了个仔细。这个人不是别人，正是黄猫。黄猫向来不是省油的灯，见面分一半，他便嬉笑着走上前去，扬声道，侃囤哥，干得好啊！

乔侃囤吓坏了，忙悄声说喊什么？我给你银子。

你给多少银子？

你说。

咱都是自己人，不越外，给五十两。

乔侃囤说，给你一百两，但是，你要……

漆黑的夜里，在杀人现场，两人经过密谋，就由黄猫咬定人是熊铁鹰杀害的，并要上公堂作证。

山金秀经过仔细分析，判定人好像是乔侃囤所杀，并买通黄猫，陷害熊铁鹰，借此打击他山金秀。这不是一箭双雕，而是一石三鸟，太恶毒，太残酷了！如果这样，对这种东西应该怎么办？赶快告诉熊铁鹰。

但是，几年来，除了爹过寿那一回，她与铁鹰并未碰过面，尽管木耳修了月老庙，那是让铁鹰和自己幽会的地方，但他们一次都没去那儿会过面。铁鹰一次也没有来过家里，她也没有上过熊耳山。二人心里有恪守，不能越雷池一步。现在咋办？她匆匆写了一封信，打发春生连夜送给了熊铁鹰。

其实，自木耳遇害后，铁鹰的心连一天都没有安心过，并且暗暗流过不知多少泪。他想，木耳哥那么好，宽厚、善良，应该长寿，可什么人下了毒手？他一直默默排查凶手，什么时候找到一定要千刀万剐，为木耳哥报仇。可凶手是谁呢？在哪里？

铁鹰看了金秀的信以后，心里豁然开朗，原来船弯在这里！是啊，他也早已了解和观察到，侃囤对木耳心怀不满，他把木耳不叫哥叫掌柜的说，我掌柜的怎么怎么，总是愤愤不平的感觉。但铁鹰想，那是邻人之间一种难免的芥蒂或是嫉妒吧，谁料想发生了这样的大事。不过，铁鹰没有草率地下结论，他要审慎。当天晚上，他派人将黄猫叫到了熊耳山。

黄猫毕竟聪明，他意识到事已败露，所以一见铁鹰，就连忙跪下了说：是杀是剐我也顾不到了，我收了侃囤一百两银子才答应作证是铁鹰杀的人。我亲眼见木耳是侃囤杀的，木耳是被侃囤勒死的。黄猫说，铁队长我本来不敢咬你，可侃囤说他有人，连长安府也有，我就信了。再说，他给了银子，我一时就糊涂了。边说边从后腰抽出了侃囤用过的短麻绳。

于是，铁鹰就把乔侃囤叫到山上来了。

俗语说兵败如山倒。其实犯罪人到一定程度也会不管不顾，会竹筒倒豆子的。乔侃囤一见黄猫坐在那里，知道事情不妙，但嘴免不了很硬说，你们叫我来干什么？

这一句话可把几个铁哥队队员说躁了，忙把乔侃囤反绑住，吊在屋梁上狠踢了几脚。

乔侃囤受不了那种疼痛，心想事到如今，纸里包不住火，就只好说，我说我说。

铁哥队队员把乔侃囤放下来，松了绑。他便竹筒倒豆子，把害向木耳的经过齐齐说了一遍。

乔侃囤说，其实也不为啥，只见他家煤矿收入大，日子好，我看不惯，就勒死他让他们全家过“好日子”去。

在场的人半天无语，除黄猫外，都暗吃一惊，啊，嫉妒这东西真可怕，居然会杀死人的！

铁鹰想，事情不会这么简单，就问，杀害向木耳是你一个人的主意吗？

乔侃囤心里一亮，想，自己死也不能让他廖春晖活着，就说，还有田粮处长廖春晖。

廖处长？

是。

他怎么回事？

乔侃囤说，我对木耳一家看不惯，就给廖春晖说了我的心思。

铁鹰问，廖春晖咋说？

他说，干掉他！

你知道廖春晖为什么要“干掉他”吗？

知道。廖春晖曾向木耳借银子，木耳没给，廖春晖就恨他。

他妈的！铁鹰他们在心里骂了一句。

铁鹰他们做了详细的笔录。于第二天一早，把乔侃囤押到县上去了。证人黄猫也去了。

经过再次审问，一月后将乔侃囤斩了。因为杀人者偿命，这是自古以来的通理，连小孩都知道，绝不敢变通。但乔侃囤竟然还供出了廖春晖许多事。

田粮处长廖春晖应了职务之便，几年来在全县东乡、西乡、南乡、北乡各里各甲索贿，贪污数额巨大。他家有个地下室，两间房大，尽是金银财宝，其中有古玩，有玉器，还有一块战国红……

知县高文敏说，就一个地方，一个县，甚至一个国来说，绝不能小觑行贿受贿、贪污腐败的事，一个老鼠害一锅汤，它可让部门垮台，县、州、府垮台，甚至让国家垮台。

知县高文敏说，没想到廖春晖一个小小的田粮官，就贪占了那么多。

县上把廖春晖的财产没收归了公，因为他早得了瞎瞎病，见事迹败露，病情急剧恶化，死了。

第九章

25

按说，将乔侃囤斩了，廖春晖也死了，给丈夫向木耳将仇报了，山金秀就该舒口气，脸上会有喜色。但是，她话少了，几乎默默不语，脸上沉沉的，一如阴着天。她不习惯啊，接受不了啊。丈夫是一座巍巍大山，是她的靠山。可如今，丈夫不在了，如同山倒了，水流了，她能靠谁呢？孩子们小，公婆老。她孤单，她悲痛……

麦珍来了，拄根拐杖，她身后是儿子栎树。麦珍给金秀说，妹妹，别哭了。人走了，再哭也不能回来了。这一大家人，还有（煤）矿，矿上的人，不光矿上的人，包括五峪川人，南秦川人，甚至城里人，城跟前人，天不明就一绺一串来咱熊耳山担炭了，你若有个三长两短，天就真的塌了！其实，自他（木耳）不在以后，这几月来，我哪天眼泪干过？栎树也上前劝说了。他虽只有十二岁，可很懂事，他说，干妈（金秀），你别难过了，你一难过，让我干爹（木耳）看见了，他心里也难过。

金秀一听栎树娃干妈、干爹的叫，心里吱的一下，针扎一样疼，她哭着给麦珍说，姐姐，再不能布袋里卖猫了，要有个明明白白，叫娃知道谁是他亲爹。她把栎树拉过来，抱在怀里，哭着说，栎树，你干爹是你的亲爹，我是你二妈，你是向家人，栗树那几个是你的亲弟弟。你是老大，很懂事，要带个好头。

栎树听人说过他是向家人的事，曾问过妈妈究竟是咋回事，但妈妈总是吞吞吐吐不说，现在听“干妈”说了原委，他才知道要不干爹对他咋那么好，小时候，曾抱住他，紧紧地，还流泪。可爹活着时，他没叫过一声爹，现在听“干妈”一说，孩子竟流泪了，说，二妈，你别哭，要不，我爹会不高兴的。

公公和婆婆也劝说金秀，说，留得青山庄，不怕没柴烧。金秀，千斤重担都压在你肩上了，一定要撑住。你把家里、矿上的事办好，对木耳也是个交代。你能行，一定行，要不，木耳咋早早就把事情交给你了呢？

山金秀毕竟是山金秀，出身于名门，小时候受过良好的家庭教育，读了那么多书，这多年来又经过几多历练，甚事不懂？能有过不去的火焰山吗？

这天夜里，月明星稀，金秀拿了火纸，一个人来到了木耳的坟上。木耳的坟在屋东边一个山窝，前边有个山疙瘩，长有一株株柏树，郁郁葱葱，这地方叫柏树疙瘩。木耳生前很喜欢柏树疙瘩，就在树下铲平了一块席面大的地方，置了几块石头，夏日夜里常在此纳凉。有一次，木耳叫金秀、麦珍来了，孩子们也来了，柏树疙瘩上其乐融融。

金秀把坟地选在山窝儿，是让木耳有空时就上柏树疙瘩去坐坐。

风水先生当时看了，连声叫绝，好穴，好穴！龙凤呈祥。

金秀跪在丈夫木耳坟前，一张张焚烧着纸，一句句叮嘱着话，掌柜的，你不要操心，好好安息，矿上的事，家里的事，全有我呢。我一定会办好！

端午节前几日，向家就忙活开了。有的上山挎槲叶，有的碾酒小米。

端午节这天，矿上放了假，一大家人都聚集在向家大院里会餐。坐了五席，菜端上来了，有莲花菜、豆芽、凉拌猪肝、猪兜、猪耳朵，酒是苞谷酒。金秀站起来，给公公、婆婆敬酒，给矿上人敬酒，给男女佣人敬酒，给麦珍姐也敬了酒。下苦人被金秀的真诚深深感动，端着酒杯连忙站起，推辞道，使不得！使不得！大有受宠若惊之意。

金秀忙说，什么使不得？咱们是一家人，合伙求财呢。不能见外！不能见外！

当然还吃了粽子，场面十分融洽、热烈，好像数月前家里没有发生过什么事一样。金秀要的就是这种氛围。

窗台上、门楣上，插有绿绿的鲜艾。乡人说，鲜艾是避邪的，所以年年端午节都要插艾，让艾香避邪呗！

午后，人都散了，金秀正半躺在炕上休息，佣人阮妈进来说，掌柜，外边有人找。金秀问，什么人？阮妈说，两个男人，河南口音。金秀说，让他们进来。

这两个人，一个四十岁，一个五十岁。他们进门一见金秀，四十岁的就忙对金秀抱拳道，掌柜的，感谢你的救命之恩！他感激涕零。

这……金秀一时迟疑，他……

那人说，我姓皮，皮信仁。

金秀忙说，噢，记起来了，记起来了！

前一年端午节前一天，早饭时，大门外突然扑进个人来，满脸苍白，眉头冷汗滚滚，一到当院就倒在地上了，说，我冷，冷……

金秀忙把那人背的东西放在一边，叫人把来人扶在锅炕上，给盖了被子，不知谁说的，瞧那人，病成那样，万一一口气上不来，咋办？

金秀指责了一句，这时候，还说那话？人命关天，救人要紧，还能想那么多？就叫人忙去西洼请郎中来。

郎中来了，给病人服了些面面药。郎中说，这位客人患的是小肠疝气，由于跋涉劳累，休息不好，病就犯了。他给病人调理了几天，由于生活好，睡眠足，病就好了。客人是撒剪子的，即背上剪刀走村过社，翻山越岭，到一户户人家门上卖剪刀，当时不收钱，直到第二年再来收钱。当地人叫他撒剪子的，很有些走江湖的意味。撒剪子的货真价实，很讲信用。撒剪子是河南人的一种经营模式。撒剪子的叫皮信仁，临走时要开药钱，饭钱，甚至住店钱，掌柜金秀说啥也分文不收，说出门在外，谁不有点难处？怎能收钱？撒剪子的外乡人感激涕零，只好走了。可怎么今日又来了？

原来，撒剪子的河南人是位“财神”，给向家送“财”来了。

河南客人说他去年来熊耳山，发现这里出煤炭，又有耐火土，能烧瓷器。所以他就把表叔给请来了。他表叔叫巩兴旺，是做瓷器、烧瓷器的高手。

巩师傅人很腼腆，站起来谦辞道，凑合，凑合。

金秀一听哈哈笑了，想不到熊耳山那土还能做盆做瓮，真是宝贝。又感谢皮信仁是知恩图报的大好人。但她暂时中止了这个话题，说，二位还没吃饭吧？就叫灶房炒了几个菜，上了酒，还剥了粽子，请客人吃了喝了，在客房里休息了。

皮信仁休息起来，就叫上表叔巩兴旺到客厅见了掌柜金秀，说起了烧制瓷器的事。金秀说，我琢磨烧制瓷器是件好事，自古以来商县没有过，能用起瓷器的人家要远从耀州买，极为不便。咱能烧出瓷器，当然太好了。但是，怎么烧制？我想先听听。

巩兴旺师傅看上去木讷，可说起瓷器的烧制时，如数家珍，一套一套的。他说，首先要选土源。后来经过细选，发现熊耳山西梁店子的土做瓮时立身好，但烧后瓮沿和瓮底均有小裂缝，而从寨根白土洼挖的土和泥做成的瓮倒不裂缝，却身软，易变形，所以把两处的土挖来按比例混合方佳。巩师傅说，把配好的土用碌碡碾成细粉状，然后把细土担到作坊里铺开，中间留个窝，倒上水，三四天后，土泡湿了，成了泥，就用草镰盖起来，让它醒六七天，就摊开，七八个人挽起裤管，用光脚去踩，踩呀踩，踩到如农家过正月十五做的黏面一样黏，就成了，垛成泥堆，用油纸或油布盖了，供一年用。

至于作坊。巩师说，是这样，一般最少三间，长约三丈，宽约二丈，大点更好。一进作坊，两侧各有一个轮盘，轮盘直径约一尺八寸，对应位置地面下掏个圆柱形深坑，比轮盘小，里面安一个高约二尺四寸、粗约三寸的柱子，外套一个木质六棱形，上有托盘，能转动，是个灵活而固定的装置。托盘上放七八十斤重的轮盘，轮盘上用泥做一个直径八寸的圆形台体泥圈，宽二寸，深二寸，上面放……

皮信仁连忙截住了巩兴旺的话头，说，表叔，你绕来绕去，长呀短的，宽呀厚的，又是尺又是寸的，把我都说糊涂了，山掌柜能听懂吗？

山金秀笑了，说，基本能听懂。如果很简单，能制成瓷器活？能挣钱？她问巩兴旺，巩师傅，窑怎么建法？

巩师傅说，窑要依山而建，附近要有水源，要有场面，场面除了盖作坊，还要晒土，晾坯。

窑分三层，第一层叫窑哨，从窑底挖三尺深往外钻一个洞，用耐火材料砌成。进洞八尺左右，里面是一个大空间，长九尺，宽七尺，高一丈，顶部见地面，放一排铁条，周围三面用耐火材料砌成墙，这里叫下哨，是探炉膛灰烬的地方。

第二层是窑膛，以炉条为参照物，往外延伸五尺建窑门。窑膛长三丈，宽三丈，高三丈三尺，内层用耐火材料砌成，外用石练保护，石练与内层之间用细土填平，夯实，使膛密不透气，又结实。窑门在窑体的最前端，长一丈二尺，宽六尺，高九尺。用石头箍成，洞状。这里是烧窑师傅烧火添炭的地方。

第三层叫窑帽子。从窑体顶层开始用耐火材料垒成圆形，一层一层往里缩，形成一个圆圆鼓鼓的大肚子，大肚子内一丈二尺高，顶端收缩成直径一尺的口儿。在窑底北墙相距九尺有两个抽火洞，快出地面时合二为一，建一个七尺高的烟囱。

山金秀掌柜听完后深深呼出一口气，笑着说，技术就是技术，不容易啊。接着问，好容易把窑箍好了，泥和成了，器具备齐了，接下来就是制坯了，制些什么坯呢？山掌柜的意思是，箍窑、和泥、盖作坊都不容易，如果制不了、烧不了几样瓷器，不是白忙活一场吗？

巩师傅听出了掌柜的意思，禁不住笑了，说，掌柜的，制的器具可多了。

都是什么？

巩师傅这才像个师傅，满脸的自豪，扬声说，八斗瓮、五斗瓮、三斗瓮；大海子、小海子；头号盆（斗盆）、二号盆、三号盆、四号盆；双耳航、单耳航、马蛋航；腌菜罐、送饭罐、油罐、盐罐。另外，还有带盖辣子盒、调和盒、盐盒、香炉、笔筒、茶壶、夜壶、枕头、各种饭碗。还有儿童玩具：手枪、刺刀、小狗、大狗等各种动物造型。总之，烧一窑货，大小物件共有一万五千多件。巩师傅说，固然，烧一窑货，要用许多人力、物力、财力，要用好长时间，挺麻烦的，可那一窑货，分明是一窑银子啊。

皮信仁笑着说，也是为商县百姓办了一件好事，功德无量啊！

众人都笑了。

金秀掌柜说，好，办。感谢皮师为我们向家广开了一条财路。那就多劳巩师傅了。

接下来，就商量了给巩兴旺师傅的报酬等事宜。

皮信仁在这里住了几天，就要走了。

他知道向掌柜不在人世，不免唏嘘，并安慰山掌柜心放宽，上有老，下有小，还有这么一摊子事……煤矿啊，瓷器呀……都要你支撑。不过你有本事，心又好，连神灵都会保佑你的。

金秀说，你有空就来熊耳山吧，你对这儿是有功劳的。

中！中！皮信仁说。

世上事真无定数。后来，皮信仁把媳妇、娃娃都搬到熊耳山来，住了家，也不再撒剪子，而跟表叔学起了做瓷器。

巩兴旺见熊耳山气候好，水土好，熊耳山人勤劳、质朴、民风纯正，山掌柜又信任他，就把全家也搬来住下了。

掌柜山金秀记着疑人不用，用人不疑这句俗话。她发现巩兴旺师傅为人本分，技术娴熟，就把瓷器作坊的事大胆交给他了，并从煤矿上抽调了一个叫古德明的年轻人携助巩师傅。熊耳山人都说山金秀很会用人，有大将风范。

作坊盖好了，是草房，四大间。踩泥时，一个个都挽起裤角赤着脚，踩着泥，好玩极了。有几个半大小子见了，也脱了鞋，挽起裤子，绕来绕去，踩起泥来。掌柜金秀见了，知道孩子们帮了忙，有些不忍，就给古德明说，小古，吃饭时就不要孩子们回去了，吃了饭再走。

孩子们一听说让吃饭，心里喜洋洋的，嘴角都抑不住笑。因为本是玩儿，山婶还叫他们吃饭，向家的饭可好吃啦。

开始做瓮了。从大到小依次做，先做比八斗瓮还大的瓮，分四节子，要做四次。第一批瓮坯子未干时，再用泥条连着做第二节子，下来是第三节子，第四节子，依次类推。八斗瓮做三节子连在一起，其他瓮做两节子连一起。

尽管门上写着“作坊重地，闲人免进”，可有人还是来参观了。作坊里轮盘转得哗啦哗啦，加上不绝于耳的说话声，很是热闹。

各种瓷坯做成后，还有一道至关重要的工序：涂釉。釉是以石英、长石、硼砂、黏土等原料制成的东西，涂在瓷坯上面，烧制后有玻璃光泽，且不漏水。

出窑的这天，吃过早饭，太阳红红的，方圆男女老少都看热闹来了，只见大大小小各式各样的瓷器都从窑里被搬出来了，明光闪耀，琳琅满目，没有人不说好的。一位白胡子老大爷对金秀说，这回我可放心了。

金秀问，您怎么放心了？

大爷说，我担心你太胆大。一个河南蛋，说他会烧制瓷器，你没见过怎么就相信了，和泥，制坯，箍窑，烧窑，费力费时多大的摊场啊！万一日塌了，烧不出货，咋收场啊？这回真货摆到面前了，叫人放心了。

掌柜金秀感动了，连连说，大爷，谢谢您！谢谢您！

老人又走到巩师傅跟前，竖起大拇指，一声声赞道，巩师傅，好！好！

一位老太太，从那一堆瓷器中取出了一个小巧玲珑的圆瓷航儿，爱不释手，说，用它盛红糖，多好。并问金秀，多少银子？

金秀说，老妈妈，只要你喜欢，就送给你，不要银子。

老太太感激不尽，连说，这咋行？这咋行？

民谚说，六月十五下一点，耀州城里买大碗。这是说，六月十五下了雨，天不旱，就会丰收，有满碗的饭吃。碗从哪儿来？去耀州（现铜川）城里买吧。如今可不需要跑那么远买碗了，本县就有，熊耳山就有。不光有大大小小的碗，还有瓮呀、盆呀、罐呀各式各样的瓷器货。所以，每天可以看到弯弯曲曲的山路上，有一串担筐的小商小贩去熊耳山瓷窑里批发了瓷器货，走村转乡去卖，生意十分红火。

有几个人向掌柜山金秀建议，在商县城开一个专卖店吧。金秀听了这个建议，在西门外租房租场地，挂起了牌子：熊耳山瓷货专卖店。各种瓷货在那场地上摆放了一大片，金光闪闪的。有买主担心所买的瓮呀什么的不浑全，要检验，便捡个小石头，在瓮肚子上敲，只听叮叮或嗡嗡的声音此起彼伏，响遍了西门口，引起了很多人的青睐和观赏。

生意兴隆，掌柜金秀高兴，白净的脸庞上挂满了喜色。这天，吃过早饭，她就叫上巩师傅和古德明等人，拿上香表，还有一串鞭炮去敬窑爷了。

在陶窑跟前的高处，一个石台台上，郑重置一个大瓷瓮，扣着。正面有个门，从门口朝里看，有一位浓眉大眼的陶瓷神像正襟危坐在那，活灵活现。这就是窑爷，“爷”和“庙”都是用泥特地烧制的，上了釉，明光闪闪的。因为庙是倒扣的瓮，当地人俗称“瓮瓮爷”。敬神三叩首，早晚一炉香。

窑爷和煤爷都给向家带来了福，带来了银子，怎不敬奉？山掌柜说着，燃放起了鞭炮，清脆、响亮，炮皮飞舞，冒出一股烟，硫黄味浓烈，飘散开来。

26

山金秀又有了另一个发财门路。说起这个发财门路，还真是一件因祸得福的事。

麦珍和儿子栎树在金陵寺北沟有一座山，山上尽是龇牙咧嘴的青灰色石头。石头间长满了楞树，树下落叶积了厚厚一层。麦珍家没有什么山田，仅有的几片山田在那年山体滑坡时被毁了，如今这座山上，千棵万棵楞树才算是财富，可忽然间，又被毁于一旦。

那一天，太阳很红，天气炎热，几个孩子把家里的棉花绒和火镰拿出来打着玩火，火打出来燃着棉花绒，几个孩子高兴地喊着，把那树叶拢了一堆，就烘烘地着了，火焰冒得三尺高。风又吹起来了，呼呼作响。

就这样，风借火势，火借风威，干树叶着了，绿树叶着了，满山都着起了火，冒起了烟，分明整个山都着了，气势凶猛，不可抵挡。那几个玩火的孩子早吓跑了，不见踪影。

麦珍听到消息后，站在院外往东边北沟方向看，只见满天浓烟滚滚，知道她满山的宝贝树完了，就不禁哭了起来，妈呀，这可咋办呀？

麦珍拄拐棍要去现场看。

金秀劝她说，姐姐，你走路不方便，别去了。

麦珍要去，金秀只好陪着她。

她们好容易来到山梁，只见麦珍家那座山上的所有树木全烧光了，损失可惨重啊。麦珍又哭了，天啊，天啊！

恰在此刻，天突然变了，满天乌云，压得很低很低，咯吧一声，雷声响了，暴雨突然来了，哗哗哗，哗哗哗，瓢泼一般，到处都积起了水。金秀和麦珍的衣服早湿了，贴在了身上，怎么办？恰巧麦珍熟悉地况，她知道身后崖下有个一间房大的石屋，她小时放牛曾在那儿避过雨，一次和木耳还在那儿坐过，说过话，于是，就把金秀领到石屋躲雨了。

过了一个时辰，雨住了，她俩从石屋出来，站在梁上，发现山上的火早被雨浇灭了，可有的地方却冒着白烟。这是怎么回事？金秀说，姐姐，你坐这儿歇着，让我去看咋回事？

原来，那里有一堆石头，以前上面长满粗壮的栲树，可大火把栲树烧成了灰烬，石头被烧红了，大雨滂沱，烧红的石头被雨水一浇，腾起白气，成了粉末，发出一种刺鼻的呛味。金秀大叫一声，石灰！她请瓷匠巩师傅来了，说那满山的石头全是宝贝，石灰石！巩师傅在河南老家也曾烧过石灰。

因为确认满山都是石灰石，可以烧石灰。山金秀非常高兴。石灰也能为他们家变成银子。她还想起了她所崇尚的一代名臣于谦在十七岁时就写成的那首《石灰吟》的诗：

千锤万凿出深山，
烈火焚烧若等闲。
粉身碎骨浑不怕，
要留清白在人间。

关于烧石灰的箍窑、装窑、烧窑、出窑，一整套技术巩师傅都会，金秀就请他给一个叫念上的徒弟传、帮、带。念上学会后，巩师傅就专门从事起他的瓷器烧制活儿了。

石灰的需求量很大，天天都有来买的人。本来一个叫北沟的小地方，一下因石灰而出了名，称为石灰窑了。

石灰窑的石灰在商县城设立了专卖点，在陶瓷店旁边，生意红火。

关于石灰窑的管理，起初由山金秀掌柜一手掌握，但由于路远，有些力不从心，后来她发现麦珍心细，主意也多，有管理才能，回石灰窑当掌柜不是很好吗？她把这一想法给麦珍说了，她说，姐姐，有一件事，我想跟你商量。

麦珍问，啥事？还跟我商量。

金秀说，石灰窑的事，我想让你管。

麦珍笑了，说，我能管了？

金秀说，你心细，主意多，一定能管好。

麦珍见推脱不掉，便说，那就试试吧，反正有你撑腰，我就有胆子了。

在麦珍去石灰窑前日黄昏，她给金秀说，妹妹，我要去了，就去他坟上送个别，烧几张纸吧。

金秀说，好，应该、应该。

金秀本要陪麦珍去烧纸的，但一想不妥，她肯定会有话要说的，我去干什么？金秀就打了一刀火纸，还有火，让栎树陪他妈去木耳的坟上烧纸了。

麦珍拄着拐杖，一步一挨来到木耳坟上，刚跪下，就悲泪横流，抽噎起来，你呀，你呀，你走了，我多伤心啊！回想那年，我嫁给闫侃柱后，我多难过伤心啊。我想你，就哭，给猪打草时哭，扫树叶时哭，想见你，哪怕看一眼，都不能。多亏金秀，叫我见到了你，她把咱儿子也接来了，我就看到了你，天天、月月、年年见，实现了我的愿望。你也常来小院，看我，看小栎树，问这，问那。我心里多慰帖，多高兴。可乔侃囤那狗东西……

掌柜的，金秀妹妹是多好的人啊，她看到我孤独、寂寞，也是要我有事干，有大事干，叫我有出息，就分派我去石灰窑，独当一面，管那一摊子，也就是当石灰窑掌柜。我想，可能行，虽然腿脚不灵便，但脑子、眼睛、嘴巴还行。我一定把事干好。也让你高兴。

掌柜的，明天我就要去了，要在石灰窑扎根，离你远一点了。但金秀妹妹会照看你，我就放心了。说起栎树，就将他先留在这里，他要上学堂。

麦珍有多少话，还要絮叨下去，可栎树着急了，说，妈，回屋吧！

麦珍说，你急啥？给你爹还没烧纸呢。说着便烧起纸来，坟茔上一片明亮，夜空中纸屑飞舞……

麦珍上任后，制定了规章制度，奖惩分明，如挖多少方石灰石，多少钱；烧好一窑石灰，多少钱；否则，扣多少；等等。

麦珍确有管理才能，与干活的人关系好，得到了爱戴。干活的人吃大灶，饭食变换花样，搭配得当。麦珍说，都是下苦人，不吃好些结实些能行？

财务管理也严格，账目清清楚楚。

有人在背地就戏谑说，不愧是向（木耳）家的媳妇，第二个金秀呢。

麦珍管理石灰窑长达十多年，成了远近闻名的熊耳山石灰窑掌柜。儿子栎树长大后，她就把大权交给了儿子。

石灰窑那一大院青堂瓦舍，就是他们的家。人们说，那是卢麦珍心血和才能的结晶。

卢麦珍说，那是金秀妹妹成全了我。

熊耳山的石灰窑以及煤矿、陶瓷作坊，还有后来的炼铁炉、焦炭炉，都是熊耳山的摇钱树、聚宝盆，一直持续了四百年！至今，那一个个遗迹、遗址尚在，诉说着昔日的辉煌。

第十章

27

深秋，明月当空，星斗满天，熊耳山一片寂静。铁哥队队员们都进入了梦乡。可有一个人却坐在山顶，一动不动，如石雕一般。他是铁鹰。铁鹰常常会深夜坐在山顶，思索一些事情。队员们一个个都敦促他，你快想法成亲吧，瞧我们，一个个先后都有了家，可你……郭彪伍说，我和夫人多次商量了你的事，要不让她从娘家湖北给你找一个？对于这一切好心好话，他都谢绝了。说他铁鹰钻牛角了吗？不妥，说他执着吗？似也不妥。那是什么呢？痴情？钟情？他脑子里一直抹不掉金秀的形象，那清澈的眼，白净的脸，那窈窕的身姿，轻盈的步履，甚至那银铃般的声音都那么清晰，活灵活现，惟妙惟肖。当然他知道，金秀已成木耳的人了，但他在心里总与金秀割不开。木耳是好人，是胸怀开阔的人，知道他和金秀青梅竹马，情意绵绵，居然苦心盖了月老庙，让金秀初一、十五跟自己幽会，可怎能呢？他和金秀都是有道德的人，有底线的人，不能越雷池一步。就这样，他将所有爱慕、思念都深深藏在心里，宁肯自己受折磨。他铁鹰还真成了一只鹰，蹴在熊耳山巅，瞄一瞄在向家大院里出出进进的金秀，就心满意足了。

谁料想，木耳不在了。有人建议他和金秀成亲。比如白天，麻子婆就专门登上熊耳山来，找到他铁鹰要他和金秀成亲。麻子婆说，天意安排，你就和金秀成亲吧！

铁鹰说，能行吗？

麻子婆说，怎么不行？

铁鹰说，事已隔了这么多年，她究竟是啥态度，说不清。

麻子婆说，没问题，我跟她说。

铁鹰说，她那一大摊子，丢得开吗？

麻子婆说，你不会去她那里？

铁鹰犹豫，去她那里？

麻子婆说，对。

铁鹰又有了一个问题，说，那我这一摊子呢？

麻子婆说，也是啊。你有一摊子，她有一摊子，两摊子又不是一回事，咋办呢？麻子婆想了会儿说，这样办，你可以不离你这一摊子，她也可以不离她那一摊子，但婚还要成，她可以到你这里住，你也可以去她那里住，况且山上山下这么近，来来往往，两不耽误。

铁鹰笑了，问，这样行吗？

麻子婆说，行，当然行，两不误。乡间有的是这种事，把这叫“两来回走”。

铁鹰笑着说，两来回走？真有意思。既这样，老婆婆，你去说吧。

这是下午的事，麻子婆说得怎么样了呢？铁鹰想到这里，就回房子睡了，但睡不着，他又想起了山金秀……

此刻，在向家大院，在金秀房子。

金秀整天很忙，忙煤矿的事，忙瓷窑的事，还有家里的事，天黑多时了，她上炕脱衣服要睡觉，可睡不着，脑子里闪出了铁鹰……

天黑时，麻子婆来了，开门见山要她跟铁鹰成亲。她说，我这么一大摊子，能走吗？

麻子婆说，要他铁鹰来嘛。

金秀说，那人是条犟牛，能来？再说，他也有他的一摊子事啊。

麻子婆便推出了“两来回走”的办法。

两来回走？金秀一听笑了。她想，也没有啥，只要两人心在一起，啥都好办。但不知铁鹰的想法怎样。其实，麻子婆把双方的心思都了解了，掌握了，只是没有给对方说透，不到一定时候不能说透。麻子婆知道，这是说媒的窍道。

金秀一想起铁娃（在她的脑里铁鹰一直是铁娃）总是心酸，流泪。他那么可怜，当爹把他领进家来时，他那么怯生、胆小，甚至畏畏缩缩，但又可看出，他是个硬家伙，第一次打毛弹，竟打了十三下。她和铁娃一块给家里做小活、扫地、捡树叶，一块读书、写字……渐渐长大了，相互竟爱慕起来，直到怀了栗树……可铁娃没有家，要他一块去管家坪住估计他也不愿意，结果……麻子婆要我和铁娃成亲，“两来回走”，也好，有情人终成眷属了。可麻子婆说得咋样？啥时给我信啊？

麻子婆终于把话说透了，说定了男女双方都同意这门婚事，也同意“两来回走”。但双方都有前提，目前不举办仪式。熊铁鹰的意思是，他要让他心爱的人身穿绫罗绸缎，佩戴金银首饰，风风光光。但他目前没有银子，要奋力挣钱。山金秀的意思是，她和木耳毕竟夫妻一场，不管按人情、按世情都应该推迟，待木耳三年过了再和铁娃成亲。

铁鹰听麻子婆讲了金秀的意见，十分高兴，特别赞赏金秀有情有义，是位令人称颂的女性。当然，也为他铁鹰奋力挣钱娶金秀保证了时间。

作为媒人，麻子婆将两头的话都说到了，意见一致了，下来的事就是见面，不光男方和女方见面，媒人也要到面，这叫“三到面”，是当地订婚的习俗。

这是十月的一天，人称十月小阳春，天气还是暖暖的。吃了早饭，金秀提个笼儿，笼儿里有香、表，有才蒸的四个花馒头，花馒头里边还包了核桃和红糖。金秀由麻子婆领着，步上屋后的弯弯山路，来到了月老庙。他们约定在月老面前见面，一则，月老神不是管普天下男女的婚姻，为一对男女拴红线吗？二来……

一进庙门，金秀便把提的贡品恭恭敬敬献在神前的长条贡桌上，然后点燃三根香，磕了三个头，就坐在了麻子婆身旁。庙的北墙根，支有一张木板床，这张床也是当初木耳安排的。麻子婆和金秀坐在床沿，等待铁鹰到来。

铁鹰一进庙门，连麻子婆也不顾就情不自禁地扑上去抱住金秀，二人都哇的一声哭了，泪流满面，十分伤心。金秀哭的是木耳死了，她非常孤单，现在一见铁娃，有了靠山；铁鹰哭的是金秀妹妹是多好的人啊，可丈夫意外走了，她形只影单，可怜，我当给她安全，给她温暖。当然，还有一层意思。她和他毕竟是两小无猜的恋人，可有伦理道德的红线，他俩近在咫尺，却硬是没有近距离见过，更不要说说话了。虽然，那年爹过生日，他俩见了面，也说了话，却都冠冕堂皇，犹抱琵琶半遮面。

过了半天，他俩才并排站在那，向麻子婆毕恭毕敬鞠了一躬，说，谢谢老婆婆，谢谢！

麻子婆说，唱本中都说，有情人终成亲眷。但你俩都说，目前办结婚仪式还不到时候，今天在月老神面前，就先订婚吧。她问铁鹰和金秀：

你俩说，行吗？

铁鹰和金秀同声说，好！好！

麻子婆说，既这样，就跪下给月老神烧表吧！

铁鹰和金秀端端正正跪在月老神前的草团上，烧起了表。

麻子婆念念有词，说，月老神在上，俩年轻人自幼一块玩耍、读书，一块长大，是天生的一对，地配的一双，今天两人订婚，望他们互敬互爱，白头偕老。

表烧完了，磕头作揖，订婚仪式完毕。

麻子婆觉得自己现在有些多余，就说，我还有事，你俩有啥话，再好好说说。

此时此刻，铁鹰和金秀在这寂静的月老庙里，什么也不需说了，他抱住她，她抱住他，浑身抖动、亲吻，异常热烈。两团火燃烧了，久别胜新婚！铁鹰把金秀抱在床上，月老庙里一声声销魂落魄的呼叫，全熊耳山都动了！这是一场长久压抑后的大地震，火山爆发。

铁鹰说要挣钱，怎么挣钱呢？他要干保镖去。

按照他们铁哥队的规定，保镖队员按所保货物、路程，从总收入中提取报酬，如此计算，仅仅一年，就有可观的积累，再加他不吸烟不喝酒，尽力节俭，到时候娶金秀的全部花销就够了。

金秀不要铁娃操心挣钱。她说，你担心什么？我一个大掌柜，手头再拮据，还没有结婚的银子？但铁鹰的自尊心极强，他说，我一个男子汉，一辈子结一次婚，不拿出足够的银子，脸不红？

铁鹰决定参加保镖队。

铁鹰把铁哥队队员召集在议事厅议事。他首先讲了自己挣钱娶媳妇的事。众人听了，一声吼，这哪行？你娶媳妇是喜事，银子大家凑。

铁鹰笑了，那哪行？我顺便也好到外边走走，增长些见识。不能让我老待在家里，做井底之蛙吧？

有一个队员说，那你就给咱天马行空吧！众人都笑了。

铁鹰进一步强调了工作重点，他说，咱们的旗号是除恶扬善，这面大旗不能倒，一定要维持一方平安，让百姓安居乐业，能睡一个好觉，能吃一顿饱饭。同时，要种好地，养好牲口，不给百姓增加负担。

铁鹰讲，说到底，咱们是亲弟兄。俗话说，打虎离不了亲弟兄，这就需要咱们永远抱成一团。

接下来，安排了新的头头，即熊铁鹰不在岗时，尚武全为正头，张念隆则为副头。

第十一章

28

铁哥队接到一笔大生意，护送某商号一行三十人挑的货物从商县出发跋山涉水去四川达县，又从达县挑一批货物回商县。路途遥远，来去的货物都贵重，不可怠慢，以铁鹰为头，以金柱子为副头的八人保镖队出发了。

这时正月新春刚过，恰是明朝万历二十六年（1598年）二月。

铁鹰远赴四川去了，金秀不禁万分思念，一夜一夜睡不着，于无奈间她就轻轻吟诵起了关汉卿的元曲《[双调·大德歌]》春、夏、秋、冬来：

子规啼，不如归，
道是春归人未归。
几日添憔悴，
虚飘飘柳絮飞。
一春鱼雁无消息，
则见双燕斗衔泥。

俏冤家，在天涯，
偏那里绿杨堪系马。
围坐南窗下，
数对清风想念他。
蛾眉淡了教谁画？
瘦岩岩羞带石榴花。

风飘飘，雨潇潇，
便做陈抟睡不着。
懊恼伤怀抱，
扑簌簌泪点抛。
秋蝉儿噪罢寒蛩儿叫，
淅零零细雨打芭蕉。

雪纷纷，掩重门，
不由人不断魂！
瘦损江梅韵，
那里是清江江上村！
香闺里冷落谁瞅问？
好一个憔悴的凭阑人！

有一回睡觉前，金秀咕咕浓哝掐指盘算起铁鹰走了多少日子，十天，十一天，十二天……

大儿栗树不禁问道：

妈，你算啥呢？

金秀一阵羞赧，灯光下的脸蛋彤红彤红的，只想给儿子栗树说，我算你爹啥时回来，你亲爹，就是铁娃。但她没有这样说，而是情不自禁地抱住栗树，亲了又亲。

栗树推着她，妈，妈！妈，你怎么啦？

金秀说，妈实在太高兴了。眼里都闪出了泪花花。

栗树闪动着大眼珠，甚觉异样，不知说啥。他哪里知道，她妈在想他亲爹铁鹰呢！

一直经过了一个月零二十一天，熊耳山保镖队终于回来了。然而，只回来了七个人，就差一个熊铁鹰！

山金秀心里毛了，他，他怎么……她知道这个消息后，一时都待不住了，她要上熊耳山问金柱子他们几个保镖队员，铁鹰怎么了？怎么还没回来？

正在这时候，金柱子从门外进来，他高高的个儿，白净净的脸。

金秀招呼金柱子坐了，就忙问柱子，你们都回来了，铁鹰呢？

金柱子坐也不是，站也不是，嗫嚅了半天说，嫂子，他、他……

金秀急躁了，他出事了？

金柱子说，没有，没有。他本想给嫂子说个根根梢梢，一时却不知从何说起，就索性把带的那封信给了金秀。

金秀展开信，见是铁鹰写的，就看起来：

金秀妹台鉴：

当你读这封信时，我可能到了河北，也许已到了辽东。

我有许多话要给你说，但择要说几点吧。

一、你是有修养有头脑的人，一定依靠春生、麦珍、皮师、巩师及所有下苦人，把煤矿、瓷窑和石灰窑的事办好。众人拾柴火焰高。你一定像熊耳山一样，会顶天立地。你是巾帼英雄，我相信。

二、要孩子们好好读书，做一些力所能及的活，长大做个好人，有用的人。

我估计，三年两年我是回不来的。家里所有担子都要你挑了。

老天保佑，待我回来后，咱们就结婚吧！

顺祝

一切皆好！

想你的人熊铁鹰

明万历二十六年二月×日

金秀读完信，愣怔了，问柱子，这是怎么回事？

金柱子就说了情况，那是他们刚刚进入四川的那天下午，碰到一支军队，铁鹰就参加了。他给柱子做了交代，要柱子代他完成任务，给尚武全和张念隆写了一封信，要他们把铁哥队的事干好，又给金秀写了一封信。他就高高兴兴跟军队去，说要勇敢杀敌，建立战功。

他要杀敌立功？金秀愈加不解，就问金柱子，究竟是咋回事？

倭是我国古代对日本的代称。14 世纪至 16 世纪日本是屡次骚扰朝鲜和我国沿海的海盗，被称倭寇。倭寇是非常猖獗的。明朝万历初年，日本有个叫丰臣秀吉的平定诸侯，统一日本后，整顿内政，准备侵略朝鲜。万历二十一年（1592 年）一月，丰臣秀吉发布命令出征朝鲜。四月，命小西行长、加藤清正率十八万日军在朝鲜釜山登陆。朝鲜由于久不经战争，日军便长驱直入，很快攻占了王京，仅两个月时间，朝鲜八道几乎全部落入日军之手。

此时，朝鲜派使者向明政府求援。明政府得到告急后，即派人安慰朝鲜国王李昖，表明派十万军队前往救援。随即，明神宗先命镇守辽东的部队发精兵援助朝鲜，在史儒等率领下，援朝先头部队于七月进抵平壤。从此，大规模援朝抗倭开始，节节胜利。然而，几年以后，却发生了不应该发生的事，一、明使李宗诚等达到日本对马岛后，为日方各种假象所迷惑，以为日方放弃对朝侵扰，使我方失去警惕；二、本为无赖的使团成员沈惟敬竟接受日本贿赂，向朝廷谎报丰臣秀吉对明王朝如何尊敬。日本趁此机会加快备战，再次发动了对朝鲜的侵略战争。

万历二十五年（1597 年）一月，朝鲜国王李昖又向明廷报告“倭情紧急”，请明廷派大兵救援。明神宗大怒，便严惩了沈惟敬等，即又派兵援朝，步步获胜。但十二月间，在蔚山一战中，明军损失惨重、伤亡近二万人。在邢玠的奏请下，明廷又从内地征调军队增援。

明万历二十六年（1598 年）二月，从浙江、广东、四川抽调大军入朝，而当刘綎率四川部队赴朝时，正逢熊铁鹰他们保镖队赶到四川。熊铁鹰见刘綎的部队团结友爱、纪律严明，是支好部队，又得知该部队是开赴朝鲜抗倭的，他就毅然决然恳求部队长官批准后参加了。

早在铁鹰十一岁的时候，他在山先生家，一天，家里来了一位山先生的朋友，他是山东日照人，拉闲话时，那位日照人说起了日本海盗。日照人说，我们是海边人，除种田外，以打鱼为主。我们那叫渔村，家家户户都很富裕，不愁吃，不愁穿，只愁一样事。

山先生问，什么事？

日照人说，只怕倭寇抢。

倭寇抢？

对。

他们怎么抢？

日照人说，往往不论白天或者黑夜，村里就扑来许多土匪，拿着刀枪，如狼似虎，翻箱倒柜，把你家金银财宝、绫罗绸缎都抢了去，背到村外海边，装上船，开走了。那就是日本海盗，我们叫他们倭寇。他们尽干伤天害理的事。有一次，一伙倭寇在李家埠抢了李老伯家的财物，还奸污了老伯的女儿。

山先生很生气说，那么野蛮，咋不打呢？

日照人说，当然打呢，三家两家联合起来打。比如在李老伯家干坏事的那个家伙，硬被村里人打死了。不光一个，把那一伙倭寇全打死了，连他们的尸首都丢进大海里。但是，日照人说，倭寇毕竟有刀有枪，他们又不怕死，拿命跟你干呢，总是有他们得逞的时候。要不咋叫海盗，叫倭寇呢？

小铁娃在一旁顺便听了，他对倭寇非常憎恨。现在居然有了抗击倭寇的机会，怎不踊跃参加部队？就随大部队奔赴朝鲜去了。

29

熊铁鹰援朝抗倭去了，把铁哥队的重担交给了尚武全和张念隆。尚武全和张念隆商量，首先，要把倭寇侵朝和我国政府支援这件事讲给百姓，要众人知道，越是这样，越要齐心团结，把生产搞好。同时，要明白，在此时此刻，说不定邪恶势力会更加猖狂，铁哥队更要增强防范意识。

他们铁哥队这天集合在议事厅，尚武全讲了援朝抗倭和铁鹰随川军奔赴朝鲜的事。队员们听得义愤填膺，个个摩拳擦掌，都恨不得到朝鲜去和倭寇干一场。尚武全说，诸位的想法和态度是对的，可以理解，但我们把熊耳山的事办好，不负铁鹰哥的期望，也是援朝抗倭。

他们商量，兵分数路，赶赴五条川（上秦川、五峪川、麻街川、窨峪川、金岭川），给各村的铁哥队队员讲明铁鹰参加援朝抗倭的事，要大家把除恶扬善的事办好。因为除了熊耳山专职铁哥队队员之外，其余五川大小六十八村都有铁哥队队员，他们一边除恶扬善一边种庄稼。铁哥队队员回来反映，除了老虎沟各村各社情况良好，横行霸道的事基本没有了。

老虎沟，是偏僻山区中的一条六里长的小沟，满沟除一片片山地一户户人家之外，全是参天大树，很有些阴森可怕。相传，上古时这里常有老虎出没，且常伤人，食牲口，所以叫老虎沟。老虎沟分散居住着四十多户人家，本来自食其力，平安无事，可出了个丑花豹，无法无天，欺负乡里，把一个叫庄牛的老实人的土地硬是占为己有，让庄牛做了他的佃户。丑花豹还有其他劣迹，光人命就有两条。因此，铁哥队开群众大会，把丑花豹除掉了，男女老少欢天喜地，感谢铁哥队为他们除了大害，老虎沟人过上了平安日子。谁知，后来却出了另一件事。一个甲首反映说，老虎沟的铁哥队队员代锅带有问题。什么问题？这个甲首却吞吞吐吐不说了。

代锅带三岁时，他爹就死了。按照乡人的说法，孩子小，爹死了，不能送葬，被死者叫去了如何得了？于是，用一条红头绳，一头拴在锅上，另一头拴在孩子脖子上，表示把孩子拴住，不能跟死人去。这样的孩子，往往就起名叫锅带。代锅带的继父家并不富裕，几年后娘死了，继父死了，成了丑花豹的佃户，锅带受尽欺负。尚武全他们到老虎沟清算丑花豹时，代锅带是中坚力量。锅带边当铁哥队队员，边种地过日子，又娶了媳妇，如今出了什么问题？莫非是那位甲首陷害代锅带？甲首与铁哥队队员不合甚至闹矛盾是常有的事。

这是一件大事，尚武全和张念隆亲自挂帅，要弄个水落石出。

老虎沟有八条小沟，五道山岭，六个洼，绿树丛中，都住着一户户人家。尚武全他们分头踩着弯弯山路，走访一户户人家，了解问题，终于弄清原委：事情还是出在代锅带身上！

也许是穷怕了吧，代锅带当了铁哥队队员以后，背一把大刀，几乎走遍了老虎沟的家家户户，逢饭便吃，逢烟便抽。大家见他来了，都很热情，近接远迎，当面都称他

"铁哥队"。别人叫他"铁哥队"时，他就头一摆，嗯的一声，一副不可一世的派头。有许多人家见"铁哥队"来了，就给他打鸡蛋吃，代锅带也不推让。有一天走了七八家就吃了三十多颗鸡蛋，肚子鼓成了锅，饱嗝不断打，屁一个劲地放。据说一夜都没有睡好，差点送了命。

代锅带成了红人，有人为了巴结他，常常送礼去，代锅带不推辞，一一笑纳。

渐渐尝到了甜头，代锅带彻底忘了他是"锅带"，胃口更大了，竟给知己人悄悄说，瞧我那两间烂草房，不说低矮，下雨时就漏得够呛。我想换成瓦房，可哪盖得起呀！

听话听音。"知己人"把这消息传了出去，不久，就什么材料都来了，檩来了，还有人联合烧了一窑瓦，也送来了。真是积少成多，不到半年，三间大瓦房盖起来了，大院落也落成了，代锅带腰都粗了，走路头仰得挺高。

但人们在背地却骂得难听，看着吧，不知老虎沟的第二个"丑花豹"什么时候落架？

尚武全他们走访群众了解情况后，于一日晚上，到代锅带的新房里，问他，代锅带，你这新房，是怎样盖起来的？

代锅带一时慌了手脚，连忙跪在地上，哇的一声哭了，双手打着自己的头，妈呀，妈呀……

代锅带确实穷怕了。过去有人请他吃喝，给他送礼，巴结他，他晕了，想，不要白不要，要了多好。他恨不得把整个老虎沟都吃到肚里去，像他贪吃那一户户人家给他煮的鸡蛋一样。但他终于意识到，好吃难消化，像吃多了鸡蛋肚子撑得难受而打嗝、放屁一样。然而，迟了！

代锅带哭着要宽大他，原谅他。怎么宽大、原谅呢？当时老虎沟有一条老辈子传下来的规矩，偷了人东西，要砍手。代锅带想方设法要人们给他盖了房，算不算偷人？算，是明目张胆偷人。那么，砍不砍手呢？

砍手！砍手！研究怎么处理代锅带时，众人一齐吼。

但尚武全他们对代锅带做了宽大处理：一、清除出铁哥队；二、没收那院房子、卖掉，将银子退还给出物、出力的人家；三、批准代锅带去后沟那孔山洞居住，以勤俭持家准备盖自己的新房。

刚刚处理完代锅带的事以后，尚武全就收到一封匿名信，其内容是：石牛湾铁哥队队员石相奸污民女，肆无忌惮，民怨沸腾。石牛湾在金岭川地面，一条谷道顶端的一个山湾。

石牛湾的铁哥队队员石相，是个眉清目秀的小伙子，本分、守规，有口皆碑，可怎么违规违法做违犯道德的事呢？道德是人们共同生活及其行为的准则和规范，是中华民族数千年来总结的条律，怎能违犯？尤其男女之事，如果逾越雷池，是要引起民众声讨的。所以有人又说，男女之事正经，是村风民风纯正的主要标志。铁哥队纪律严明、秋毫无犯，才得到了民众的拥护，岂容一只老鼠害一锅汤？

尚武全他们经过商量，成立了一个小组，由张念隆亲自带领，前往石牛湾调查石相的问题。经过数日工作，石相没有什么不规，相反，还干了一件扎实事，那就是练武。石相利用农闲把青年人组织起来，在村前河滩上练武。他们练武第一是练大刀。石相请铁匠支起了铁炉，专门打大刀，同时请木匠安了长把，酷似关公用的偃月刀，随后人人执起偃月刀，在宽阔的河滩上自练、对打。

另一种练武，是弯弓射箭。这地方有一种树，当地人叫铁条，它有韧性、顽性，又有弹性，石相就组织砍回来，锯成段，用烟火一熏，弯成了弓，再用牛皮绳做弦，弓就成了。箭呢？此地有一种树，木质细、硬，硬折不弯，用它做箭，头上再箍上尖尖的铁头，万分锐利。石相他们就用这种弓箭，在河滩上百步穿杨，穿草人，鼓角齐鸣，风生水起。

这样一位斗志昂扬的人，怎么钻沟溜渠干了不齿的奸污事？

有一个组员说，石相既没有事，就收兵回营吧？

张念隆说，不能。

为啥？

张念隆说，有句话叫“事出有因”，既然有匿名信，就说明总有什么道道。

什么道道？

张念隆说，查出写匿名信的人，就晓得道道。

可谁会跳出来说，“匿名信是我写的”。没有人承认，你咋办？找到猴年马月？

此刻，有一个组员高兴得叫了，对笔体！

对笔体？

那组员说，让村里每一个会写字的人写几个字，咱跟匿名信上的字一对照，不是就明白了？

张念隆高兴得张开大嘴哈哈笑，说，真是俗话讲得好，三个臭皮匠，抵个诸葛亮。对笔体！对笔体！

对笔体的办法决定以后，不知被窗外路过的什么人听到了，所以对笔体的事在村里很快就传开了，人们说，铁哥队真是铁哥队，好鬼哟，对笔体！这一回，想害人家相娃（对石相的爱称）的人狐狸尾巴可要露出来了。

当天晚上，摸了一下底。石牛湾虽处于穷乡僻壤，可由于早在洪武年间，村里就出了个贡生，从那时以来，村里文化之风一直盛行。经统计，村里识字的人有八十三名，而能提笔写字的人，三十二名。这就是说，要找到那三十二个人一一对笔体，工作量还是很大的。张念隆他们记下了那三十二人的姓名，第二天，起个大早，就一一上门对笔体了。问题是，不是人人都在家里等着让你去对笔体，有的下地干活了，有的上山砍柴了。所以忙活了一天，直到天快黑时，总算是和三十一个人对过了笔体，都一一否定了，没有对上，如果剩下的那个人也对不上，事情就复杂了。外村人写的？某人请外村某人写的？唉，和最后一个人对了笔体再说。

其实，这个人，是他们早上开始对笔体时第一个找的就是他。中间几次找过，也不见。这个人是谁？张念隆他们认得他：矮个儿，胖胖的，日子富裕，是土财东，平时不多说话，嘴常闭着，像枚弯弯的豆角，但他颇有心计，用众人的话说，他肚里坏水多。这人不是别人，是甲首。甲首叫万古冬，五十六七岁的样子。

天黑了，张念隆他们来到万古冬家，还不见万古冬。问，甲首究竟到哪去了？

去山外我姐家了，我不是早上就给你们说了吗？万古冬的老婆说。

张念隆问，山外啥地方？

华县。

这可麻烦了。张念隆他们想着，就走了，要往下榻处去。可他们走到村巷里的杨树下被一个女人挡住了。女人中等个，四十多岁，是个热心人、好心人。她已知道“铁哥队”为了对笔体，忙活了一整天，还没个结果，怪辛苦的，就把她知道的情况对张念隆他们说了。她压低声音悄悄说，万古冬在石牛口里躲着呢。

石牛口？

对。

在村后一条小路旁边，有一个石洞，三丈多深，黑咕隆咚，里边有石灶、石炕，洞壁上有烟熏的痕迹，据说是山民早先住宿、生活过的地方。此洞像石牛的嘴巴，所以叫石牛口。天黑了，满天星斗闪耀，小路还清晰可见，但洞里伸手不见五指。张念隆他们便打着灯笼，向石牛口走去。

一看见灯光，栖息在路边树上的什么鸟儿扑棱扑棱飞走了，撞得树的枝叶一阵响。他们来到洞口，朝里喊问，有人吗？没有应声。张念隆疑惑了，那个妇女谎报军情？但已到此，还是进去看看吧。洞里一片漆黑，不禁令人害怕，走进洞里，更加恐怖，借着微弱的灯笼的光线，只见在深处的石炕上，忽然坐起来个人，眼睛里闪出惊恐的光，身子猥猥琐琐的。张念隆已认出，那人就是甲首万古冬，一个不地道的土财东。张念隆便问，万古冬，你在这儿干什么？

我、我……万古冬战战兢兢，不知说啥好。

我们找你一天了。你一天都钻在这洞里？一个队员问。

嗯、嗯。是、是。

你一天来吃什么？

我，我，清早来时，带了干粮。

张念隆想，不需磨蹭，就拿出笔、纸、墨盒，单刀直入，给万古冬，请写几个字吧：石相、民女……

万古冬从石炕上下来，向张念隆他们低头哈腰，期期艾艾地说，不、不、不用、不用对笔体了。

为什么？

那、那、匿名信，是、是、是我、写的。

那你为什么要诬陷石相？

万古冬不得不讲了他写匿名信的用意。

万古冬的儿子有些懵懂，二十三岁了，还没有问下媳妇。他就给儿子瞄上了叶叶。叶叶家里虽穷，可是特别上进，是个喜欢追求婚姻自主的漂亮姑娘，尽管在那个时代。石相组织青年人练大刀、弯弓射箭，搞得风风火火，村里人都去站在村前河堤上看。叶叶也去看，她有时打好一笼猪草去看，有时在河里洗完几件衣服看。叶叶说是看铁哥队在耍大刀、弯弓射箭，实际是在看石相，看了个够，看得入了迷。后来，她与石相成了亲。如今，儿子都几个月了。可万古冬真是鼓咚，竟愤愤不平，写匿名信诬陷石相。

万古冬站在那儿，浑身筛糠，害怕极了，他不知铁哥队怎样处置他。在他眼里，铁哥队是刀子手，会杀他的，杀就杀吧，懵懂儿子他放不下。他求张念隆说，杀我剐我都成，可不要动我的家产，家里还要给我儿子娶媳妇呢。

张念隆笑了，队员们也笑了，洞里笑声一片，连一群蝙蝠也飞出去了。万古冬啊万古冬，看来你心眼真小，我们杀你干什么？动你家财产干什么？通过这件事你得到警告和教训就好了。用民间的话说，只要你“经一次乖”就好了。尽管如此，张念隆他们还担心心眼小的万古冬在洞里出事，便把他送回了家。

处理完匿名信的事后，第二天他们又解决起东斜村的事来了。

东斜村是斜插在乳河边的一个村子，是个大村。村里有个人叫褚黑锤，大头、大脸、猪眼，粗腰，矮个子，平时不言语，却是村里有钱有势的人，是村里的不倒翁，据说，是村里的“慈悲”人。后沟柿树下，有一户可怜人，两个大人和两个孩子，一天都没吃饭了，在暗暗地哭，十分可怜。这时候，来了一个人，粗腰矮子，是褚黑锤。黑锤抹了一下眼泪，说，天都黑了，咋不做饭？把娃饿成啥了？

一家人都哭了，咋做饭？

昨天晚上，天一黑，屋里来了三个人，一个叫饿狼，一个叫凶狗，一个叫恶豹，都是村里人，一听他们的外号，谁不胆战心惊，毛骨悚然？他们不管三七二十一，就把两个孩子锁在小屋里，喝令不许哭，不许喊，否则杀掉。接着，将孩子他爹他娘绑了，让跪在地上，拿刀子逼问，你们想死想活？

想，想，想活。

想活好，就在这纸上画押、按手印。

纸上写的啥？男主人多了个心眼，问。

纸上写着：兹有本村李顺民欠本村王豹子等三人银子三百两，三日内还清，否则，以房、地抵债。

若不画押、不按手印立即杀死。谁不珍惜自己的生命，李顺民只有画了押按了手印。可哪有三百两银子?!一家人只有哭。

正在这时，好人褚黑锤来了，他听了原委，抹起了眼泪，无可奈何。过了半天，褚黑锤叹息一声，说，站在矮檐下，不得不低头。世道就是这，你有啥法？法儿他妈把法儿死啦——没法。褚黑锤说，你们不知道，我和你们一样，我老褚也挨过豹子他们的黑棍呢！

你？

是的，一次五十两，一次二百两，一次三百两，差不多年年都让他们敲诈，又不敢给人说，不敢露一点风声，他们知道了就会杀咱。谁不和命亲啊。

褚买主，我们咋敢跟你比？你大家大户的。

褚黑锤叹一声，却说，倒也是的。可……

可怜人李顺民说，褚买主，求你给我想些办法吧！

褚黑锤说，我有啥办法？

灰暗的油灯点着了，屋里还是很暗，一片死寂。过了半天，褚黑锤才似好容易想出了一个办法，说，时间又紧，有啥办法？不过我想，这样行不行？说到这里又停住了。

李顺民两口差点要哭了，说，褚买主，我们相信你，有啥办法你就说，救命如救火。

褚黑锤说，我想了个办法，能不能用，也说不准，讲出来，你们定夺。

你说！你说！李顺民两口着急了。

褚买主便讲了他的办法，他说，白纸黑字写着你欠人家三百两银子，且按了手印画了押，走到天尽头也说不过人家。那么，我给你们解危：我出高利贷三百两银子，你给人家，把你们的房、地卖给我，可你们照常住房种地过日子，只给我秋、麦两忙缴些租子。还有，你们的房、地最多能卖二百两银子，我给三百两银子也就算了。谁让咱是一村人？谁让我心慈悲？

李顺民两口想了想，还是褚买主好，给咱解了围。很快给那三个魔鬼把银子缴了，财散人安。至于缴租子，那是另外一回事，只要人勤快，多打粮，啥都有了。

随后，褚黑锤把三百两银子交给李顺民，李顺民把三百两银子交给豹子、狼和狗那三个恶鬼，那三个恶鬼当天夜里就把那三百两银子原封不动地交给了褚黑锤。原来褚黑锤真是黑锤。他暗地收买了饿狼、凶狗、恶豹三个魔鬼，用演双簧的方式，残酷、无情地鲸吞和掠夺了东斜村十一户可怜人的财产，致八人怄气得病或自尽身亡。

铁哥队的人忍无可忍，到达东斜村，抓住审问了饿狼、凶狗和恶豹，做了笔录。随后，抓他们的后台褚黑锤时，褚黑锤那人面兽心的东西却不见了。

四处寻找，才发现那东西投进自家的屎尿池子吃饱喝足后，死了！

刘家庙隔日一集，商贩云集，人头攒动，市声嗡嗡隆隆，顺河道传得很远，很远。但有识之士却发现了一个问题，如果长此下去，千年古镇刘家庙集就会濒临倒闭。他们又没有办法，绅士也管不了，他们就把症结所在报告给了熊耳山铁哥队。

尚武全、张念隆听了报告后商量认为，这还真是个事，便派了几个人，逢集时去刘家庙侦探了情况，还真是个事呢！

山里人提着鸡蛋，捉着鸡，担着背着粮食，甚至牵着牛，吆着猪……反正带着自家的山货土特产要到集上出售时，还没到地方，就被人截住了，以很低的价强行收买，卖得卖，不卖也得卖，如果你不卖，不光遭臭骂，还会遭拳打脚踢。后山有位穿开花袄的老汉，提了二十颗鸡蛋，因价太低老汉不卖，说你给的价我称不下二两盐。谁知这句本情的话却惹下乱子了，那三角眼的无赖眼一瞪，骂道，你称不称盐干老子屁事？骂罢，从老汉手中夺过笼子，使劲摔在地上，二十颗鸡蛋全被摔碎了，蛋黄、蛋清流了一地。老人哭了，妈呀，我的鸡蛋呀！听说老人一气之下，回去病了，不到半年就去世了。去世前还哭道，妈呀，我的鸡蛋呀，这是啥世道嘛！

那些人把低价强买的东西放到集市上，又以高价强行卖掉，从中牟取暴利。

买东西的人也遭殃。山里一个人要买一头牛，说好十文钱成交，可付钱时却不行了，那卖牛人说，说好是二十文钱，你怎么才给我十文钱？

买牛人说，不是说好的十文钱吗？

卖牛人说，明明是二十文钱，咋是十文钱？大集市上，你讹人呀？叫大家评评理。

这句话刚一落地，就围上一伙人，要吃买牛人似的，七嘴八舌，你长的嘴还是屄子？

你为什么说话不算话？你是哪里人？我们刘家庙人是好欺负的吗？……

那买牛人意识到自己钻到虎狼堆里了，钻到强盗窝里了，只有含泪把身上仅剩的四文钱给了人家，才沮丧地把牛牵走。其实，这头牛是那卖牛人一个时辰前从另一个山里人手中以六文钱强行买下的。

恶事多多，不胜枚举。

那些恶人是成群结伙的，有牛伙、猪伙、粮食伙、鸡伙、狗伙……物以类聚，人以群分。刘家庙以及附近各村的地痞、流氓、无赖诸人等就按其能耐、势力，勾结起来，做起了如此这般的“买卖”，给集市上笼罩了一张黑网。

这还了得！天理能容？

铁哥队在刘家庙和附近各村经过详细排查，掌握了大量干扰和破坏集市贸易的人和事，有的还挺惊人。铁鹰在赴朝抗倭前给尚武全和张念隆的信中曾叮嘱，有要事可跟知县高文敏讲。现在是给知县讲的时候了。尚武全、张念隆便带上书面材料上县城去了。三天后，尚武全、张念隆回来了，所以就有了下面的行动。

三伏天刚过，天气依旧炎热，地里闲了点，这天赶集的人特别多，男男女女，老老少少，街道里是人，村巷里是人，连村前河滩里也是人。要不怎么倚着河堤上的大柳树搭了个戏台，这要唱大戏吗？

原来，确有“大戏”可看呢！

还没有到正午时分，街上一阵骚动，从街后刘家庙里押出一串五花大绑的人，一共十二个，在台子前站了长长一行。他们都是一伙倚仗居住的有利条件，破坏集市贸易的不法之徒。

台上摆了几排长凳，坐满了人，他们是各村老者，德高望重的绅士，还有甲首、里长，房田丰和山先生也在座。县上来了两个人，是知县派来的。知县本要来，却因有要事，到龙驹寨去了。

主持大会的是张念隆，他宣布大会开始，请铁哥队的尚武全讲话。

尚武全五大三粗，满身武艺，跟他的名字一样，崇尚武艺，各种套路全会。他嗓门高大，讲起话来声如洪钟。

尚武全讲道：

乡亲们，大家知道，咱们刘家庙集历史悠久，自宋朝开宝初年立集以来，已有六百多年历史，它逐渐发展，已渗入四乡八镇，是经济贸易中心，为一方繁荣、富裕建立了功勋。但不知从什么时候起，滋生了一伙欺行霸市、强买强卖的无赖、恶棍，他们无法无天，横行霸道，欺压百姓，严重破坏了公买公卖的良好秩序，使百姓谈“集”色变，影响了百姓正常的生产生活，使古老而繁荣的刘家庙集面临冷落、衰败的境地，是可忍，孰不可忍！

尚武全指着台下那一串无赖给黑压压一大片河滩上的百姓讲:

乡亲们，诸位看到了，这一伙不法之徒依杖“集上人”的独特条件，把住“门闩子”欺人。我们依照百姓的意愿，今天对这些无耻之徒必须严惩！

严惩！惩惩！百姓们的喊声山呼海啸。

尚武全接着宣布了对那些家伙的处理结果，其中五个表现较好的，愿意改过自新的，每人罚十两银子，放他们回去；四个过错较重的，每个罚二十两银子，在街道打扫卫生一个月；有两个又跳又闹不服罪的交县衙处理。还剩一个，这个东西肥头大耳，一对毒蛇眼，起初偷人，后来抢人、骂人、打人，近几年似乎改邪归正了，每逢刘家庙集，他就迈开八字步，走来走去，闭着嘴，瞪着毒蛇眼，凡人不答话，仿佛与世无争。但左邻右舍都知道，他是破坏集市正常秩序的后台，总指挥，罪魁祸首。他叫谷震方。谷震方发现刘家庙集上生意兴隆，吞吐量大，确实有利可图，又见各路已出现了强卖强买的人，他就把他们纠集起来，暗授机宜，从中提成。几年下来，谷震方大发了，已在村后靠近山坡的地方，盖了一大院房，五脊六兽，雕梁画栋，跟庙一样，鹤立鸡群。谷震方还豢养着四名打手，保护着他和他的喽啰们。其实，恶名在外，谁都知道刘家庙集上的谷震方，可谁又能奈何得了他呢？

谷震方他们还有人命，光他亲自逼死、陷害死、打死的就有三个大人、一个娃，使他们家破人亡，流离失所。他给他的喽啰们说，你们要知道，刘家庙集就是我们的集，他们向爷贡献是应该的，谁要不服，给我打！

彻头彻尾的强盗、恶霸，黑社会应当怎么办？铁哥队事先研究的结果是，打蛇先打头，擒贼先擒王，让他们树倒猢狲散。知县高文敏斩钉截铁说了四个字：杀一儆百！

尚武全高声宣布：

对于罪大恶极的“集霸”谷震方实行斩杀！

人们听了无比高兴，掌声雷鸣，喊声震天，斩了！斩了！

谷震方翻起毒蛇眼，白了尚武全一眼，表示不服。但他的爪牙们却吓破了胆，浑身颤抖，有的晕倒在沙滩上了。

“集霸”谷震方被除掉了，欺行霸市、强买强卖的事没有了，刘家庙集上公买公卖、平等交易、秩序井然，很快又繁荣了起来。当地一位姓闫的著名画师参考《清明上河图》，画了一幅《刘家庙集》，记录了那鼎盛场面。据说，这幅十分珍贵的画卷时隔四百多年，至今还珍藏在闫氏后人手中。

30

铁鹰援朝抗倭走了以后，金秀很想念铁鹰。麻子婆给她和铁鹰牵线，让他俩订了婚，从那时起她一直向往着他们的新婚。水流千遭归大海，几经曲折，老天爷还是安排她和她青梅竹马的人要成亲了。她既高兴，又害羞，脸上一阵阵发烧一阵阵红。为这喜事，那日她到娘家去，夜里，睡在热炕上，和娘说了大半夜。娘不禁为她和他祝福。娘说，咱全家人，你爹、你哥，你嫂都高兴，连小侄、小侄女都说，我要有新姑父了！可，铁鹰……

不过，铁鹰毅然决然去援朝抗倭了，她金秀还是支持的，拥护的。倭寇实在太坏了，你不在你们国土上做工、种地、好好过日子，却跑到别人国家烧杀抢掠，以前在中国沿海没少干过坏事，现在又到朝鲜抢劫了。对这种侵略者，不消灭怎么能行？还过不过日子了？

夜很深，金秀睡在绵软暖和的炕上，不时瞧一下窗外照进来的银白色的月光，难以歇息。

此时此刻，铁娃虽在数千里之外，在鸭绿江那边，可分明就在自己身边。他给她写的那封信，感情真挚、意味深长，就在自己跟前，那信的字里行间，都透着铁娃的音容笑貌……那天在月老庙里，铁娃像狼一样扑上来，抱住自己，亲自己，吞自己，啃自己，恨不得吃了自己。

每每想起那在月老庙里的事，她浑身就禁不住战栗了，咬自己的嘴唇，有一次把嘴唇都咬出了红红的鲜血。

山金秀现在想那事，就又想起铁娃来，你在哪儿？

金秀冷静一想，笑了，光想有啥用？支持，支持铁娃去奋勇杀敌，援朝抗倭吧！怎么支持呢？金秀想，干好家里的事，比如烧好瓷器，烧好石灰，多挖煤，就是最大的支持。她想给挖煤的人、做瓷器的人增加工钱，给管煤矿的春生和管做瓷器、烧瓷的皮师傅、巩师傅也要增加工钱。

还有一事，给下苦人提高伙食标准，吃好才能乐意干好。这事是春生的媳妇芳芳管的，现在她要管。

天亮以后，金秀把春生、芳芳、皮师傅、巩师傅等有关人员叫到一起，讲了自己的意见。众位听了很高兴，都称掌柜英明，他们要认真落实。将要散时，山金秀想起一件事，就把大家留下来。

有一件事，虽没有直接发生在咱们熊耳山，但与我们息息相关，那就是一直侵扰我国沿海的倭寇，出兵侵略朝鲜了，皇帝已下令出兵援朝抗倭。咱们熊耳山铁哥队的熊铁鹰带领保镖队护送一批货物去达县，半路恰遇一支川军去援朝抗倭，他就参加了。他还给我写了一封信，要我们把自己的事干好。我想，咱们作为一个中国人，要关心援朝抗倭，支持援朝抗倭，而干好自己所干的事，就从一方面支持了援朝抗倭，是不是？

是！是！

所以，我想，把这件事，这个意思，请你们回去给大家讲讲援朝抗倭的事，好吗？

掌柜山金秀安排了工作以后，又为明明的念书问题操劳了。

明明，十一岁，衣衫褴褛，面黄肌瘦，可怜兮兮，很不起眼。可人不可相貌，海水不可斗量。小明明不光书念得好，过目不忘，字也写得好，蝇头小楷，一笔一画，周周正正。他是熊耳山私塾的好学童，可是，师塾先生则说，明明弃学不上了。

金秀听了暗吃一惊。

这日早饭以后，山金秀就到明明家去了。一个小洼，高崖下，两间低矮的烂草房，墙都裂了缝，这就是明明家，很穷苦。明明的爹妈修地去了。他们没有几片地，就在自家一条干沟里修地，也叫堵子，在当沟砌了石练，用土填了，将水路改到一边，就成了地。面积虽小，总比没地强。明明刚要去帮忙，可山掌柜来了。明明很有礼貌，立即端来一个树杈做的小凳，用手擦擦，掌柜，坐，坐。

金秀坐在凳子上，笑着说，小孩子不可叫掌柜，叫阿姨。

明明不好意思，腼腆地叫了一声，山阿姨！

金秀好感动，他知道我姓山，叫山阿姨，说明孩子很懂事，这是个难得的苗子，决不可半途而废，就问，小明明，你怎么不念书了呢？

一句话却把明明问哭了，他抽抽噎噎，非常伤心。说：那是因为翻窗子……

熊耳山私塾租用望天家的三间草房，单庄独院，在一棵驼背的桑树下。望天的两只眼睛眯缝着，仰着头才能勉强看见东西，人们才给他起个外号叫望天，连真名都不知道。望天和他哥三十多岁了，还是光棍，后来他哥与一个寡妇上门成了亲，看他弟望天独一人烧锅燎灶可怜，就带去，住在厦屋，这草房闲着，就被租去做了学馆。学馆的窗子是棍棍窗，有两根棍已脱卯，取下来，可以安上。一次放学以后，先生被一个学童叫去吃饭，把学馆的门锁了。小明明和一个比他大四岁家里又有势力的学童吃过饭来学馆，可先生还没来，门锁着。那个大学童取下那窗棍子，翻进屋，又把那窗棍子安上。这取棍子翻窗的事被望天望见了，不敢言喘，以后又有如此的事发生了几次，都被望天看见了，也不敢言喘，因为都是有势力人家的孩子。可这天吃过早饭，明明到学馆门上，门锁着，他就学别的孩子的办法，取下棍子，翻进窗，又安上，便磨墨坐在自己的位子上专心致志地写起了仿。

不料，有个黑影一闪，只见窗外站个大人，提名叫姓骂起了明明，你土匪，把我家窗棍弄坏了，赔！要不赔，我打死你！

那是望天！

小明明本要和望天辩理，那窗棍早就松动了，被大学童发现了就从那儿进来，有多少人都从那儿进来，你都不敢说，我第一次进来，你就像阎王爷。我知道，你看我家穷，你就……小明明想到这里，心一酸，悲泪横流，一滴滴洒在纸上，湿了一大片。他自然没有跟那望天辩理。他知道，他不会听你讲理，甚至，他还真会打你。小明明没有说，只是流泪，流泪，流泪，鼻子都在疼。

因此小明明不上学了，也不敢上学了。

金秀听了明明的话，落泪了，很伤心，知道人穷了，就鳖，鳖人就要被人欺负吗？连孩子都低人几等吗？铁娃主张除恶扬善，多好啊。尽管望天不算恶人，是可怜人，但这种可怜人是猴子称霸王的那种人，对真正的可怜人恶起来还真不可小觑。这种势利小人，大约只有在除恶扬善的环境下才会收敛吧？金秀想到这里，把明明抱在怀里，说，有阿姨呢，什么都别怕，上学去，好好读书，出人头地，顶天立地。

明明刻苦读书，后来考取了解元当了官，不忘梓里，办了许多好事，人人称赞，他更不忘“山阿姨”。老年的望天可能忘记他曾对小明明的欺负，拍马屁说，人才，王天明自小就聪明，不愧是咱熊耳山的人才！明明的大名叫王天明。

山金秀返回时，走在一片柏树林的小路上，只听前边有人咿咿呀呀地哭，无可奈何、伤心至极的样子。金秀心里一惊，走到跟前，见是个老婆婆。老婆婆七十岁，个子矮矮的，嘴巴薄，眼睛秀，花白头发稀疏。金秀认得她是蛮蛮婆。蛮蛮婆本是关中渭河北岸人，有一年大旱，颗粒无收，难以糊口，恰遇商县熊耳山一个人，用核桃在那个堡子换套子，就把她领回来做了老婆。关中人说话语音语调都跟当地人不同，人们就说她是蛮子，如今人老了，就都叫她蛮蛮婆。蛮蛮婆的老伴早已过世了，有个儿子，生了一种病，嘴唇乌青，走路气喘，无钱医治，不久前也死了。蛮蛮婆孤苦伶仃，日子难混，过不下去，有心自尽死了，却不忍，就哭起来。

蛮蛮婆的家就在近旁，一般人不会太留意。因为她家是一孔低矮的土窑洞，又被蒿草和柏林掩蔽着，就不易看见。金秀弯腰到蛮蛮婆窑洞看了，阴暗，潮湿，又没有像样的家具，简直无法住，难怪老人在哭。金秀心软，决定把蛮蛮婆领回家去。他们曾为麦珍盖了一院房，麦珍回石灰窑办大事去了，那一院房闲着。

事后，掌柜山金秀还收养了四个孤寡老婆婆。她说，人来世上一回不容易，都应该过着不错的日子，尤其是到晚年。人都有老的时候，应该让老人过得平稳一些。咱山家有力量帮助他们。用世人的话说，积福行善积德呢。

有一个老婆婆是哑巴，手却巧，她能用疙里疙瘩的刺根刻出各种小动物，如猫呀狗的，用颜料染了，更加好看。她把她的手艺传给了老姊妹们，老姊妹们乐意学，也就学会了。后来，老婆婆们就都嘻嘻哈哈刻起小玩意来，几天就是一大筐。有个货郎转乡来见了，大加赞赏，索性买了去，转乡卖，得到青睐，销售很快。于是，就约定好，定期来取货。收入了钱，老婆婆们就要把钱缴给山掌柜。山掌柜不要，说，你们辛苦挣的，你们花吧。老婆婆们笑了，说道，你让我们有吃有喝有穿有住，花钱做啥？

有一天下午，夕阳西照，满天一片红霞。门上来了个老太婆，说要见山掌柜。金秀让那老太婆进来。老太婆瘦高个，满脸皱纹，满头白发，她一见金秀就跪下了，说，山掌柜，求求你，给我一碗饭吃吧。说着就哭了。金秀忙伸双手把老人扶起，坐在凳上，问，老人家怎么了？

老人说，山掌柜，不怕你笑话。接着就说了她的情况。老人姓祈，人都叫她祈婆。祈婆是柿树洼人。老伴死时，给她丢下一对双胞胎儿子，她含辛茹苦把儿子养大，娶了媳妇，生了儿子，人家老婆娃娃热炕头，却把老娘忘了，不光不给吃，还赶出门外，吃百家饭。天气好还能混，每遇到刮风下雨，连身都没处安，就求山掌柜收留她。

山金秀一听，禁不住一阵感叹，真是没良心的东西，老娘一尺五寸把你们养大，你们却……她说起了民间那句口诀，麻野雀，尾巴长，娶了媳妇忘了娘。真是。

祈婆怕山掌柜不收留她，想起那些刻工艺品的老姊妹，就说，山掌柜，我还会捏狗娃咪，用泥捏鸡呀狗呀，脖下捅个窟窿，搭在嘴上一吹还吱吱叫呢，怪好听。能卖。

金秀笑了，问祈婆，那狗娃咪用泥捏的，一吹不是两嘴泥吗？

祈婆说，不，用文火一烧，就熟了，跟瓷的一样，还怕泥？

金秀这才说，我倒不需要你老人家捏狗娃咪卖。你愿来住我们欢迎。不过，你那两个儿子不孝顺你，是你没有教育好他们。你有责任。我见了批评他们。我要问他们，你们不孝顺老娘，等你们老了儿女不孝顺你们怎么办？前檐水不往后檐流，滴滴入旧沟。

祈婆感动至极，双手合十道，阿弥陀佛，阿弥陀佛！

祈婆是信佛的，金秀收留的那几位老婆婆大多是信佛的。金秀的婆婆有了知音，常去小院同她们一道念佛，免不了说说笑笑。

金秀见了很高兴，暗道，志同道合真厉害！

这日清早起来，公公给金秀说，我有个事想跟你商量商量。

金秀说，矿上还有些事，我去看看，回来说，行吗？

公公说，行，你去。

金秀的公公向福有，真是有福，年轻时就是矿主，衣食无忧。三十岁以前，家里大小事都是父亲操心，他是甩手掌柜的。到四十一岁的时候，儿子木耳就管起了家事。他是闲人，光享福。但向福有常常责备自己，我一辈子办过一件错事。

老伴问，啥错事？

老汉说，你不知道？木耳和麦珍的婚事，硬叫我搅黄了。他说着叹一声气，小时候，我跟麦珍爹在显神寨下放牛，骂过一架，硬是记了仇，怎能做儿女亲家？

老伴说，世上事没样，都过去几十年了，还说那做啥。

老汉说，不过就像你说的，世上事没样。正因为没娶麦珍，才娶了金秀。金秀多好啊，能文能武，是咱家的撑天柱。

是，是。老伴说，金秀心宽，把麦珍娘俩接来住了多少年，又给麦珍找了事干，管烧石灰。太好了。

老汉问，石灰生意到底咋样？

老伴说，好得很。对，我忘了说，麦珍给你买了件羊皮袄，毛跟萝卜丝一样，还是宁夏产的。

老汉说，麦珍也好，是孝顺娃。

老伴说，咋能不孝顺？麦珍也是你的儿媳妇呢！你孙子栎树都那么大了。

老汉一惊，你说啥？

老伴说，到现在你还不知道？栎树是你的亲孙子呢。

噢！噢！老汉恍然大悟。

老两口说到这里，就想起儿子木耳来，不免悲伤，就抹起了泪。

金秀从矿上回来，走进公公房门，坐在小凳上正要问啥事时，公公先问她了，矿上有啥事？

金秀笑道，也没有啥大事，是两个苦力为件小事憋着气，春生叫我去给说说。

说好啦？公公问。

金秀笑着说，两个年轻娃，我把他们骂了几句，都又哈哈笑了。

公公听得也笑了，说，那就好，那就好。

金秀问，你要给我说啥？

公公说，关于修祠堂的事。

修祠堂？

对。公公说，人就是这样，辛辛苦苦，一代又一代，源远流长。人不能忘本，不能忘根，子孙后辈一定要知道祖先是怎样含辛茹苦过来的，才有利于发展。

金秀说，这就叫传承。正如中华民族历史屹立于世界五千年，谁也不能割断，也不可能被割断。所以你修祠堂，好；使子孙后代有个朝拜、纪念的地方，能看得见，摸得着；好。金秀又问，咱向家有家谱吗？

没有，我没见过。公公说，只听人传说。

传说？传说也好啊。怎么传说的？

咱向家搬来熊耳山，时间不长，从我这一辈向上算起只五代人，是我爷的爷那一辈搬来的。我爷的爷很恓惶，自幼爹死了，娘死了，无家可归，后来认识了南山一位麦客，就从渭南塬上向家堡来到了熊耳山，起初给人干活，后来就买了些山地，成了家。公公说，到我爹手中，发现地下有煤，开起煤矿，才发了家，成了熊耳山首富，直到现在。

金秀听了，说这是一件十分有意义的事，《家谱》《家训》《家风》家庙（祠堂）、家史，这一串传统家庭文化充实了中华文化。家谱、家庙是家风、家教传承的记录和载体，是家庭、家族、民族和国家不可或缺的。

金秀深有感情地说，回想老爷爷还在年幼时就离乡背井来到熊耳山，为人家干活糊口，进而挣钱、攒钱，多么辛苦，多么可怜。这是一段宝贵家史，后代永远不能忘。金秀说，其实我已听说，当初爷爷发现煤，自己挖，自己担上卖，也是很辛苦的。

是啊，那时我还小，帮不了啥忙。你爷爷把苦吃咋啦！

沉默了半天，两人又说起了修祠堂的事。公公说，这事我曾给木耳说过，他很高兴，说，爹，你不用操心。我办。可，他……

金秀停了一下，说，爹，人走了就走了，活不过来了。你不要伤心。这事我办，替他办。

金秀说，有两件事都需要办：第一，修家谱；第二，修祠堂，也叫修家庙。咱们先要搞清向家的历史渊源。你既然知道老爷爷是从渭南塬上向家堡来的，那咱们先去向家堡走一趟，看看，问问，看有没有啥发现、收获。

公公忙说，我只是听老人说，也没去过。不知渭南塬上还有没有向家堡。他有些担心。

金秀说，这有啥？咱去走一回，有向家堡，就好了。如果没有，心就甘了。

公公问，要是找不到向家堡，还修家庙？

修。还修家谱。那就从老爷爷那里开始，把向家的历史缩短了。金秀接着推测说，总不会没有向家堡吧？老辈子传下来的，不能没有吧？既然叫堡子，那就不是一家两家，人多了，会繁衍得更多吧？金秀笑了，不说了不说了，反正得走一回。你去，我陪你去，叫我妈也去，游玩哩嘛。

为了寻根问祖，麦收前，一行人就出发了，公公、婆婆、金秀。又雇了三乘花竿，由六个脚夫分抬着，过黑龙口，翻秦岭，往渭南塬而去。好在有两个脚夫曾去过渭南塬，知道路径。第一个晚上，宿在流峪一个叫李家坪的地方。说是坪，其实没有坪，是一条窄峡峡，盖了几家客店。客店盖在高高的石练上，屋后是湍急的溪水，哗哗哗、哗哗哗地流个不停，金秀在哗哗流水中度过了一夜。第二天晚上到一个叫厚子头的地方，这是一个镇子，住宿条件宽敞、舒服。脚夫们是下苦人，饭量大，每人吃了一老碗裤带面，还吃了一块锅盔。店主问，吃饱咧？

饱啦！饱啦！

第三天，他们就踏上了渭南塬。渭南塬很大，南北几十里，东西也是几十里，是一台比一台高的平地，延伸到了南山根。每一块台田都广袤无垠，分布着一个个堡子。

金秀他们一行人离开蓝田地面，踏上渭南塬，就见那里有个十字路口，长着一棵皂角树，跟前住着几户人家。他们就歇息下来，喝着茶，问卖茶老汉，这渭南塬上哪里有个向家堡？

向家堡？老汉迟疑道，我咋想不起来呢？

金秀的公公担心了，没有向家堡？

卖茶老汉用手拍一下头说，唉，唉，客官甭急。我这头有病，连孙子的名字都记不起，常常骑驴寻驴呢。让我去问问。

老汉去近旁一户人家院里问了，回来竟带了三个老汉。人老了一般都爱问闲话，那三个老汉审视了一下这一行人，其中一个就问，客人是哪里人？

商县人。

噢，很远的，南山人。又问，你们问向家堡做啥？

金秀的婆婆没出过远门，不耐烦了，就问，这渭南塬上有没有向家堡？

金秀的公公瞧了老伴一眼，干咳一声，意思不要她多言，多言是不礼貌的。你到乡下不礼貌，是要吃亏的。曾经有一个年轻人在关中某地一个十字路口见一个抽烟的老汉，就问，老汉，去东刘堡走哪？老汉嘴往西一指，去！过了老半天，那年轻人又折回来了，又问老汉，老伯，去东刘堡走哪？老汉一笑，往东一指，前面就是。年轻人这才知道，老汉和老伯，只差一个字，可让他多走了十多里。可见，出门在外，对人礼貌、尊重多重要。再说，听那老汉的口气，“你们问向家堡做啥”，就说明有向家堡，只是要把你为啥要找向家堡的事问个明白，意思就是说，你不说，我也不说。

因此金秀的公公对那几个老汉抱拳行礼说，各位老哥，有所不知，事情是这样的，我爷爷的爷爷当初是从向家堡走出来的，我们是来寻根的。

噢，不忘本。好，好。几个老汉才把去向家堡的路说了。

向家堡是个古堡子，也是个大堡子，一听说这一行客人是远从商县来寻祖的，人们既惊奇，又觉得亲热，就把这一行人领到族长家去了。

族长家高门楼，大庭院，大门外有棵参天古槐，古槐下有上马石，拴马桩，一看就是个大户人家。经报后，向福有一行人进了大院，走到堂屋，见太师椅上坐着一位胡须搭胸的老头，身穿丝绸白衫、白裤，脚穿白布袜、黑布鞋，他就是族长，大名向礼伦。俗语说，人活七十古来稀，可向族长七十五岁了，耳不聋，眼不花，大盘脸红堂堂的，身板硬朗。向福有有了一种进了爷庙的感觉，忙带儿媳金秀向族长作揖磕头，并自报家门，说明了来意。

族长说，好，好，一家人。我已听一个商县麦客说过，他们县有个熊耳山，熊耳山有个大煤矿，矿主也姓向。我没想到，咱们这么近，还是一家人。族长很高兴，吩咐家人叫灶房快做饭，又安排了向福有一行的下榻处。

吃罢饭，天就黑了，族长让他们休息，说走了几天路，疲乏了。金秀这才向族长递上了见面礼——五十两银子，还有商县的土特产、天麻、木耳，然后就睡了。一夜无眠。

第二天，吃了早饭，族长和另一个族人领他们到堡子里转了一圈。堡子的城墙很结实，两丈高，五尺厚，是用土夯的。关中的土性黏，墙头不用上瓦，下雨也不怕冲刷，就这样牢固了数百年。堡子里有好几眼井，井都很深，起码有十几丈，人趴在井口朝下看，才映出个小小的脸。堡子南墙根，有五间庙，一个院落。这是向家的祠堂，雕梁画栋，正中后墙上画着一男一女，正襟危坐着，却又和颜悦色。族长介绍说，这是咱们十六代前的先祖，男先人名叫向景轩，女先人是向张氏。族长说，咱向氏老家在河南省安阳府向家庄，老先人向景轩做生意来到渭南塬，见这地方土地宽广、肥沃，就住了下来。

族长向礼伦还让向福有他们看了向氏家谱，厚厚一本，记载着一代代向氏男女的姓名，还有迁徙过程和一些重大事件。

遗憾的是，家谱中找不出向福有他爷爷的爷爷的父亲的名字，也就是说，向福有他爷爷的爷爷父亲是谁，搞不清，断了线儿。这也难怪，向福有他爷爷的爷爷从向家堡出走去熊耳山时还是个娃娃，又没有再回去过，至今多少代了，谁能知道他爹叫啥他爷爷叫啥？不过，断线了就断线了吧，时过境迁，有过多少断线啊，这是世事，也是必然。但他们到向家堡走了一遭，知道和了解了老人住过的地方，也知道了男高祖是向景轩，女高祖是向张氏，收获颇丰。

一行人离开向家堡后，没有急着回商县熊耳山。金秀想，出来就出来了，二位老人年纪大了，就到长安城看看吧。但凡沿路的景点他们都看：秦始皇陵、临潼华清池、大雁塔、八仙庵、水陆庵……他们一行人还开了一次洋辈——在临潼华清池洗了个温泉澡。当然，六名脚夫也洗了，他们无比感激，说山掌柜看得起他们，是大好人！

回到熊耳山家里休息了几天，金秀就和公公商量备料请工匠修了祠堂。其式样、结构都和向家堡那个一样，因为金秀当时已画了草图。不一样的是，向家堡的向家祠堂是五间，而熊耳山的向家祠堂则是三间。正堂画了先祖向景轩和向张氏的像。

金秀还把父亲山先生请来熊耳山家中住了几天，和公公喝茶，拉家常，同时为向家修了家谱。当然，最早的先人是向景轩、向张氏，而在他们以下，就不得不断了代，只有从向福有的爷爷的爷爷跟前续起。但在这儿又出了问题：不知道向福有爷爷的爷爷大名叫什么，只听说叫黑娃子。但是家谱中总不能写“向黑娃子”吧？如果这样写倒符合历史真实，但多么不雅，“向黑娃子”，会让后人脸上无光，给外人会留下取笑的话柄，很不好。那么，咋办？向福有想了想说，反正人是真人，那就给起个好听的名字好了，前人不知，后人不晓。山先生一听笑了，还没表态说行不行，就被外边回来的金秀听到了，说，行，行，满行。于是，就为给老先人起个什么名字的事研究起来。公公说，叫向有财。金秀否定了，不行不行。跟你的名字重了一个字。公公便说，是呀，有财，福有，有字重了，不行。又打了一下自己的头，说，瞧我这脑子！他知道儿媳思维敏捷，又有才气，就说，金秀，你给起个名字吧？

金秀舌头一吐，有些吃惊，说，我能行吗？

公公说，行，行。

金秀便想了下说，叫东方，向东方。

山先生忙说，好，好，颇雅，从字义上看，东方，是太阳出的地方，光芒万丈，表明后代的日子兴隆，人才辈出，跟姓联系起来，就动了起来，向东方！向东方！

金秀暗喜，知女莫父也！爹的解释给向东方添了彩，赋予了丰富含义。

向福有很高兴，说，好，好，就叫向东方吧！他一锤定音。

就这样，向黑娃子变成了向东方。后辈媳妇给先人起的名字，真有意思。

向家祠堂修好了，将祖先的画像也画上了。向家家谱呢，请山先生也修好了。选了一个黄道吉日，举行了隆重的仪式。渭南塬上向家堡老家也来人了。向福有特别高兴，这是他多少年来的一个夙愿，终于完成了，心里一块石头落了地。向福有由衷地对金秀说，你真有能耐，为向家先人办了一件功德无量的事。

金秀是个低调、谦虚的人，她说，不，是爹你拿了主意，操了心。我只干了我应该干的事。

这件事在熊耳山及至上秦川都轰动很大，金秀赢得了一声声夸赞。是呀，自古至今，媳妇为夫家修谱、修祠堂的实在不多。向家堡来参加庆典的人回去说，咱们向家有个好媳妇，叫山金秀，人漂亮，又能文能武，本事大得很呢！

31

金秀是热心肠，所以更忙。

这一天，祠堂事办完之后，金秀去矿上看了一下，叮咛了几点，就到陶瓷作坊来了，她意外听到一件事。

西洼有一洼人家，而最富有的一家，姓邵。邵家的掌权人是邵子午的老婆，就是邵印氏。邵印氏眼神贼溜溜的，嘴唇薄扇扇的，不多说话，说起来却像刀子一样刻薄。她手里不离一把黄铜水烟袋，冬天在火炉旁抽，夏日在院中葡萄架下抽。哪块地种什么，什么时候干什么活，她都安排得扎扎实实、天衣无缝。她家的长工，只能干活不能歇。其实，连她公公、婆婆她也管着，公公打草鞋，婆婆纺棉花，哪有闲的空儿？尤其弟媳，更是家奴，除了干家里活，还要干地里活。邵印氏有五个孩子，三男二女，是她的心头肉，掌上明珠，偏着吃，偏着穿，啥活都不做。

前一年，他们家出了一件事，弟弟死了，弟媳冬月成了寡妇，才二十一岁，又没孩子，自然要改嫁，可邵印氏不准，谁来求婚都不准。她不许弟媳改嫁，是要给她当牛做马。她做姑娘时就听老人们说的一件事：弟弟死了，弟媳才二十岁，要改嫁，却被嫂子甜言蜜语挽留了，只好守了一辈子寡，既做牛，又做马，直到晚年，走不动了，成了累赘，无人管，睡在炕上，夜夜哭，我这一辈子，活的啥嘛！

邵印氏明明知道那个寡妇的可怜，却没有丝毫的同情、怜悯，硬要弟媳受苦一辈子，心好毒。有一次，她还是同意了弟媳改嫁，那是因为说定男方给她五十两银子。邵印氏好高兴，有白花花五十两银子，买六头牛呢！可男方要接人时，她却变卦了，五十两银子算啥？六头牛算啥？有一个不开工钱的长工，一辈子挣多少银子？买多少头牛？她这样一算，就想出了一个变卦的办法。

这天夜里，无星无月，四野漆黑，男方一行人打着灯笼接媳妇来了。谁知，接亲的人刚一进门，小房里就悲痛欲绝，哭声一片。原来，那是邵印氏的五个孩子不让婶婶走，我们舍不得你！舍不得你！小寡妇心就软了，走啥哩！走一处不如守一处。小寡妇也哭了，说，我不走了。

邵印氏觉得自己安排的戏演成了，暗自兴奋，就上前给接亲人说，各位，咱们乡里乡亲的，事到这步，孩子不让他婶走，他婶也不走，叫我也没办法，对不起，大家请回吧！好处是谁没拿谁啥。

事情到了这步田地，接亲人思忖，算就算了吧，确实谁没拿谁啥，再说，那邵印氏也不是好惹的，就悻悻地走了。

掌柜山金秀听到这里，无比愤慨，心想，不管男人、女人，都是人，都是平等的，可有些女人，像邵印氏，怎不为女人想想？还坑害女人。你那弟媳才二十一岁，正当年少，你叫她永远守寡，不残酷吗？不管心理、生理，怎么熬呢？她是人啊！就是猪狗六畜，也配双配对啊！金秀想到这里愤愤地说，我真想去找到邵印氏，质问她呢！

讲这事情的人说，你找她干啥？事情还没完呢。

没完？

没完。

原来，那接亲人走了好多天了，那年轻寡妇才恍然大悟，我才二十一岁，怎能不改嫁？守一辈子寡吗？为谁守啊？她想起那个要娶她的人，脸白白净净，说话很好听，她心动了，可机会失过了！她觉得惋惜！

后来，冬月她还是找到了意中人！

夏日的一天午后，冬月提笼打猪草去了。猪草打够了，倾盆大雨下起来了，她便往回赶，走到一条小沟时，脚下一滑，跌倒在洪水里，衣服湿透了，一时起不来，连声哭叫。这时候，一个人拉起了她，并扶她去前边一个看庄稼的旧茅棚里避雨。这个人不是别人，是她家的长工拴柱。冬月和拴柱表面是主仆关系，实际都是苦命人，况且，同住一个院，同吃一锅饭，抬头不见低头见，早有了爱慕之心。

拴柱和冬月的秋波传情，终于被邵印氏发现了，非常嫉恨，借故把拴柱打了一顿，连工钱也不给，就赶出了门。

金秀忙问，拴柱到哪里去了？

那人一笑说，你问春生去。

山掌柜猜不到是怎么回事，就反问一句，问春生？

对。

恰在这时，春生来了，对掌柜说，我刚才忘记给你讲，矿上增加了一个人。

又不缺人，怎么增加人？

我看他可怜。

谁？

拴柱。

噢！噢！山掌柜明白了是怎么回事，沉思了一下对春生说，你叫拴柱今夜到我跟前来一下。

夜里，星星满天，在去熊耳山铁哥队的山路上，一前一后走着男女两个人，女的在前，是金秀，男的随后，是拴柱。

三天以后，中午，邵印氏在屋里抽水烟，冬月低头在院里剁猪草。这时候，来了一个人，冬月没看见，那人就进了上屋门。邵印氏见了来人，连忙站起，诚惶诚恐道，啊呀，山掌柜，啥风把你刮来了？快坐快坐。

山金秀笑道，无事不登三宝殿，有要事要给你说。

邵印氏说，有啥事叫我来嘛，还要你跑。

金秀这才开门见山地说，我当媒婆，给冬月说媒来了。

邵印氏说，山掌柜，我家冬月不嫁人，那次接人的人都到门上了，还是回去了。你不知道？

金秀说，知道，知道。那是娃们不要他婶走，冬月心就软了。这回跟那回不一样，关于冬月，我包办了。你只说你的意见。

邵印氏脸上扑了一层灰，意识到事情不妙，就顺坡下驴，说上次那个主家给我五十两银子，这一家呢？

金秀哈哈笑了，本想问，还要钱？冬月给你家干了多年活，给多少钱？但想，我没有必要和这自私的麻婆说这话，就说，到时候你和主家直接说。

主家是谁？邵印氏问。

金秀说，是拴柱。

邵印氏吃一惊，拴柱？

是拴柱。

邵印氏想，拴柱那穷鬼，被我打跑了，就问，拴柱在哪？

金秀郑重其事地说，拴柱在熊耳山铁哥队，是他们的代队长尚武全要我来说媒的。

啊，邵印氏一听，脑子嗡的一下，身子差点跌倒。

拴柱和冬月的婚礼办得很热闹。铁哥队的人猜拳行令，特别高兴。他们的新房在北洼那一长溜房中，和金柱子、汪铜锤他们比邻，也就是说，商县山区的冬月和湖北那几位嫂嫂成了近邻，如同一家。

山金秀是伴娘，又是拴柱和冬月的主婚人。小两口在拜堂之前，金秀领他们进月老庙烧了一回香。拴柱和冬月跪在月老前烧着表，金秀对月老祈祷：

月老爷在上，这一对新人受尽苦难，在你老人家庇佑下终于婚配，有了今天！请你老人家保佑他俩，相亲相爱，白头偕老！磕头！

拴柱、冬月虔心虔意给月老磕了三个头，作了三个揖。

神敬毕，一对新人先走了，金秀站在神像前，低着头，双手合十，她回头看了看那张床，眼泪唰地掉下来，吟吟地哭了，铁娃，你这会儿在哪？

虽然，金秀顶天立地不停地办着事，煤矿的，陶瓷作坊的，明明的上学，拴柱、冬月的婚事……但她始终惦念着一件事，一个人——事是援朝抗倭，人是铁鹰。

铁鹰，你现在在哪？在杀敌吗？

金秀想念铁鹰，却见不到，她想出了一个办法，一有空就给他写信……

第一封信

铁鹰台鉴：

你好？吃饭了吗？吃的什么饭？好赖吃饱，可不能叫肚子饿啊。吃饱了有劲，才能很好地杀敌。

我想你，好想你，好想你。昨夜，我睡不着，脑子里翻江倒海，就起来，轻轻出门站在院中，仰头看月亮。月亮圆圆的，明亮亮的，我就恨自己，咋上不到月亮上去？如果我能上到月亮上去，定能看到你，看到你和战友们在哪里杀敌，我一定给你们喊加油！或者，我从月亮上跳下去，到你们身边，和你们一同作战。我会扑上前去，抓住一个倭寇，把他绊倒，用石头砸他，你们不过日子，来到朝鲜欺负人，坏透了，坏透了！……

铁鹰，我最近还办了一件事，说了个媒，让拴柱和冬月成了婚。拴柱是邵印氏家的苦力，现在是你们铁哥队的一员，还是我介绍去的。

秀

大明万历×年×月×日

第二封信

铁鹰台鉴：

因为思念你，最近我去了一些地方，现记录下来。

一、旧地重游。旧地重游是一件意味深长的事，会有很多感想，还有启迪。那一天，刘家庙逢集，天气又好，我借故去了趟娘家。看了咱读书的学堂，那三间瓦屋，一个小院，院心长了棵柏树。那三间瓦屋似乎老了，旧了，也低矮了。但柏树却粗了，高了，顶住了天。我站在学堂院里，分明看见一个小男孩和一个小姑娘正趴在长条桌上写字，小手握住笔，挺有劲。小男孩手上有墨，脸上也有一坨墨，可还在写字，很专注，很认真，鼻孔里流出了一点鼻涕，也顾不得擦，那就是你，小时候的你。你的字写得好，周周正正。小姑娘有时伸胳膊抵你一下，你也不理，只图写。那小姑娘，自然是我。你老护着我。一次，一个男孩不知因甚事站在我面前质问，你看到了，什么话也没有说，站在我和男孩中间，警告那男孩，这是我妹妹。孩子们都不敢欺负你，万一谁对我有些那个，你只是瞧他一眼，哼一声，也就完事了。有大人在背地说，铁娃，铁娃，铁一样硬呢。

我到了河边，小河水哗哗流。我看着流淌的河水，想，咱们不止一次地在这河里玩水，裤子湿了也不怕，好玩极了。有一回，还自己拿着自己的小衣服，在河边洗。记得吧？是娘叫咱洗的。她说自己衣服自己洗，从小要学会干活呢。可你总是帮我洗。你说哥给你洗。

我明明知道，你不是我亲哥，是爹从麻街集上拾回来的，可比亲哥还要亲。

我到了村后，杏树下。那高高的塄上长着一棵杏树，树身粗壮，长到一丈以后，分成两股，东边一股，西边一股，再往上长，枝叶繁茂。麦熟时，杏也熟了，黄澄澄挂在枝头。你给我摘杏子。你像松鼠一样麻利，抱住树，脚蹬着，手扒着，出溜出溜就到树顶了，树枝摆动，要折一般，你也不怕。你摘了一兜杏子下树来，掏给我，又上树去了。就这样，像猴子一样上上下下，摘了半笼杏，提回家，全家人都吃得高兴。嫂子夸你说，杏树那么高，铁娃真行。这话你还记得吧？

集上人很多，拥拥挤挤，我在他们中间走来走去。我仿佛看见前边有两个孩子，一男一女，男孩拉着女孩的手，在人群中穿来穿去，不知是找什么，还是没找什么，反正是那样跑，那样穿。那就是你，是我。真有意思哟。

你我渐渐长大了，我看见你，有些害羞，你看见我，也有些害羞，于是，两个人都避着，都躲着，但却总想看，想见。结果，如胶似漆，难舍难分，就发生了那天在灯盏洼栗树下的事。

铁鹰，铁鹰，我哭了，我想要你抱抱我……

二、访祖。我叫拴柱陪着我，我们离开熊耳山，走过鸡山，顺一条谷道，转来绕去，好容易走到熊家湾，那是你的家乡。这真是个好地方，青山绿水，群山环抱，阡陌纵横，渠水潺潺，炊烟袅袅，瓦房草屋相间，还有一群丹顶鹤翩翩，因为村后那三株白皮松树上，有它们筑的巢。

村里人来了，村里的铁哥队队员来了。他们不知道我是你铁鹰的恋人、未婚妻，只知道我是你的干妹妹，是我爹山先生收养的你。他们对我既亲热，又崇敬。我知道，那含有对我父亲山先生的感激——为他们村培养了一个能文能武的人，为百姓办事的人，一个援朝抗倭的士兵。

铁鹰，也许是爱屋及乌吧，我对你们熊家湾早就向往系之了，那是什么样的地方？有时一想起来不免有些害怕，熊家湾？是熊的家吗？那么，是什么熊？黑熊？棕熊？还是北极熊？唉，真是胡思乱想。

知道吗？我还去父母坟上烧了纸，也给哥哥、姐姐烧了纸。我跪在那儿，看着那四个墓丘，就想起了熊佩奎的残酷，他怎么那样没有人性，竟杀死了一家四口人，多亏天无绝人之路，留下了你这条根。我想，倭寇跟熊佩奎一样，都是十恶不赦的东西。对这种东西，务必斩尽杀绝，不留后患。

三、看老舅。那天，我和拴柱离开熊家湾，出了窖峪川，进入麻街川，来到史家沟的老舅家。老舅是你人生道路上的大恩人之一。他虽是簸箕匠，在上秦川一带干活，可始终秘密关心着你的成长，随着你的懂事，就全盘讲了你的身世，为你报仇雪恨埋下了根。

老舅儿孙满堂，虽然年事已高，可身体还好，知道你援朝抗倭去了，他很高兴。我给老舅留了一些银子，让他到麻街集上想吃啥买啥。

今天就写到这里。

此致

敬礼

秀

大明万历×年×月×日

第三封信

铁鹰钧鉴:

你好！

你虽身在异国他乡，但我想，你心还在熊耳山，你会操心你的铁哥队。那么，就将我所知道的，告诉你吧！

尚武全真好！张念隆真好！他们把你写给他们的信，贴在一块长方形木板上，放在议事厅正中那张桌上，像神一样敬着，队员们一有空就看，就念，作为力量来源。

你们北洼的小麦丰收了，打了十多石，没处放，就用土坯盘粮仓，装在里边。吃面，吃饺子，吃馍，就不发愁了。各村各社给送粮，也不要了。他们做饭的炭，是我给的，让他们从矿井口担的。

他们种的棉花、豆子、苞谷，长势良好，人见人夸。

湖北那几位女同胞，已习惯了咱这里的生活，连商县话也懂了，也会说了，“你做啥呀”，“吃饭了吗”，“来了”……她们还分头去各村，给大姑娘、小媳妇教练武艺，给大家说，你们有了武艺就能保村，保家，更能保护自己。再给你说一件事，就是那个细高个儿，金柱子的媳妇，已坐了月子，生了胖小子。

再告诉你一件大事。那一天，知县高文敏带了两个兵来到熊耳山，看望了铁哥队（还到了我家），说铁哥队出了个熊铁鹰，主动当兵援朝抗倭，是全县的光荣。有人问他，这事你咋知道？知县说，所有援朝抗倭官兵的花名册，朝廷主官部门当然有一份，那上面有姓名、年龄、籍贯、当兵时间。上边就一级级将指示下下来，要关心其家庭。知县说，熊铁鹰无父母，无妻儿，家在熊耳山，我们就来了。知县还说，援朝抗倭是神宗皇帝亲自下的命令，他关心每一个人的家。

铁鹰，人们总以为，当官的都不是好东西，都是贪官。戏里都说，吾老爷不爱钱，一个官司两张镰，镰卖了还是钱。民间也流传，十个县官九个贪，剩下一个要金砖。可实际不全是这样，清官、好官有的是，像高文敏知县。

唉，扯远了，扯远了！

顺祝铁君永铁！

时刻牵挂你的人

大明万历×年×月×日

第四封信

铁鹰钧启：

我想告诉你我最近干的一件事：修学堂。

你知道，熊耳山学堂一直租用望天家的草房，但自望天欺负了穷孩子明明以后（这件事我在另一封信中告诉你），我就决定盖新学堂。新学堂盖在槐树东边，那块凹地上，前边又有大场，学童们玩耍就有了场地。学童们上课、下课，从槐树身边走过，看到槐树苍劲，定会有一种什么启示和激励呢。

这是新盖的第一所学校，从此书声琅琅，会培养出一代代的人才，干好事，干大事。铁鹰兄，是吗？

祝你

天天打胜仗！

山金秀

大明万历×年×月×日

小说人语：熊耳山这个小山庄，却是不小，自明朝万历年间创建学堂始，历经四百年，培养了一批批精英，世称文化之乡。熊耳山文化人古晓红先生 2015 年 11 月 21 日在《商洛日报》上发表的一篇《熊耳山，我的家乡我的爱》文章中写道："从 1977 年恢复高考至今，这里已有一百多名土生土长的农家孩子考上大中专院校，遍及全国各地。"传承和传统的力量真是厉害！

第五封信

铁鹰钧鉴：

哥，铁哥，我想哭，哭，哭……这全是因为想你而引起的。我想你想得吃不下饭，睡不着觉。你说，我这是病吧？我想你，常常做梦。昨夜里，又做了个梦，梦见你从朝鲜胜利回来了，全熊耳山人都很高兴，欢呼雀跃。

然后，咱们举行了婚礼，宾朋满座，热闹非凡。夜来了，咱们入洞房了，客人们已散去。你抱住我，我抱住你，静静地，都没有说话，只是流泪，流泪……真不容易啊！南辕北辙，阴差阳错，总是分离，分离。可老天有眼，月老做媒，咱们终于花好月圆，走到一起了。对，还在月老庙里木床上，你疯了一样，呼哧呼哧喘气，那么凶猛，直让我神魂颠倒，直喊你哥……我忽然醒了，你却不见了，我好难受。

哥，我这是病吗？你啥时回来？

可恨倭寇！

哥，吻我！

妹秀

大明万历×年×月×日

第六封信

铁鹰：

在这封信中，我要说说孩子。

栗树十二岁了。他这个名字，是对你我爱情的纪念。

正如麦珍姐和木耳的儿子叫栎树一样。

栗树书念得好，字写得好，听话，懂事，干啥都有一股狠劲，不达目的不罢休，很像小时候的你。举例说吧，他念“六十花甲子，甲子乙丑海中全，丙寅丁卯炉中火……”硬是背过了，写会了，才算完，可天亮了。再比如，他用算盘打九遍九时，一边念口诀一边打，一遍又一遍，不熟练，不吃饭，硬叫他吃都不吃。我不由暗笑了，真是小铁娃！我的二儿、三儿，都是好孩子。因为有他们的哥哥这个带头羊，叫我少操心多了。

栎树这孩子同样很好，不管哪方面，都与栗树齐头并进，没说的。

铁鹰，回来吧，回来吧，赶快回来吧！

祈盼你的人

大明万历×年×月×日

山金秀一共写了三十六封信，高高两摞，她本是要给铁鹰寄去的，却因战事紧张，流动性大，居无定所，也可能是因为有纪律，铁鹰没有来信，不知道详细地址。不寄也罢，她还坚持写，用书信同铁鹰说话，心情才好，才平静。不然人想人，想死人，咋办？

是啊，铁鹰，你现在究竟是怎样援朝抗倭的呢？

第十二章

32

当时（万历二十六年，即1598年二月），从广东、浙江、四川三地征集的军队，到达丹东市一带。训练之后，因为熊铁鹰武艺高强，人缘好，又有组织才能，所以被提拔成了一名小官。

训练完毕，部队就要开赴朝鲜前线了。当时鸭绿江上没有桥，靠船只运送军队、武器，号称“十万大军”。在数千只大船竟发下，气势磅礴的渡过了鸭绿江。

当时倭寇十数万人，已抢占朝鲜大片国土，他们所到之处，杀人劫财，无恶不作。有一个三口镇，是三条小河汇集的地方，一块冲积平原、肥地千亩、房屋错落、人口稠密，是块富庶之地。倭寇看中了这里，就派兵三千，于一夜间抢占了三口镇，一杀二抢三奸污。他们把青壮年集合在河滩上，用土炮轰，用刀杀，一时间死尸堆积如山，血水流成了河。倭寇将家家户户的细软宝物一一抢了搜集起来，压了几间屋，准备运回他们本土去。他们奸淫妇女，如同野兽，目不忍睹。熊铁鹰所在的团，接到命令，必须全面彻底歼灭倭寇，为朝鲜兄弟报仇！于是，于一日夜间，大明军队偷袭三口镇。尽管明军大喊，缴械不杀！但倭寇是死硬派，刀放到脖子上也不投降。朝鲜人也参加战斗了，有妇女儿童，有阿爹阿妈，躲在山林中的人，闻讯也回来了，参加了战斗。战斗十分激烈。一个儿童，猛地抱住一个倭寇腿，那倭寇没防备，摔倒了，刚要起来杀人，却被一个老太太举起一块石头把那家伙的头砸得稀巴烂，脑浆四溅……村中有个鱼塘，五分地大，一丈多深，老百姓就两个三个一伙，硬抓住倭寇，一个个丢进池塘里，像煮豆子似的。但他们还不甘心，费力要扑出来继续杀人，一块块石头向万恶的倭寇砸了去……

明军英勇无比，一个个用力砍去。在百姓院里，在巷道里，还有村外，躺着一具具倭寇的尸体……

熊铁鹰如老虎，带领他的一班人，冲入倭寇团部，刀光闪闪，削掉了一个个蜷缩在屋角长官的脑袋！东院，一队倭寇还在睡梦中，听到有情况，连忙跳起，抓起了刀。但是，熊铁鹰他们哪容倭寇得逞？扑上去，左右开弓，那些家伙刹那间成了刀下之鬼。这一次战斗，光熊铁鹰一人杀死的敌人就达十八个。上级任命他当了连长。

三口镇战斗取得了全面胜利。

三口镇战斗后，又开展了石桥战斗，南湾战斗，还有小谷川战斗，都属于大兵团性质的战斗，也都取得了胜利。这就引起了倭寇上层的不安，决心伺机报复明军。

得到可靠情报后，明军首脑机关就立即做了战略调整，化整为零，打局部战，分散消灭敌人。熊铁鹰对这部署非常拥护，带领他的连队开始了灵活机动的战略战术。

朝鲜中部，因为有个圆圆的山湾，四山环绕，一如磨盘，所以便叫磨盘湾。磨盘湾虽然特别富裕，但是特别偏僻，亦如中国人说的“世外桃源”。然而，倭寇的嗅觉比狗还灵，他们知道了磨盘湾，决定袭击，抢掠。倭寇的长官对部下讲，磨盘湾，大大的好，不光有金银，还有花姑娘，山清水秀，花姑娘大大的好！

明军纪律严明，秋毫无犯，与朝鲜军队和人民群众关系密切，亲如兄弟，因此，倭寇有再诡秘的计划，通过朝鲜友人都了如指掌，比如倭寇对磨盘湾的觊觎。

这日，是个大晴天。两边山坡树木、灌丛一片葱郁，溪水清澈，潺潺流淌，好个壮美秀丽的山谷图！正是清晨，从下游顺谷道走上来一队耀武扬威的兵士，三百多人。他们是倭寇，听信了长官的话，要去磨盘湾抢金银发大财，抓花姑娘。他们正边走边做着美梦，突然间，从两边树丛中发射出一枚枚土炮，谷道里一片烟雾，一片火海。倭寇们一个个倒地，断胳膊断腿，血流在溪水中，溪流成了红色。这是熊铁鹰连队对倭寇的惩罚。部分没有被土炮击中的倭寇掉头就跑，妄图逃命。可是，他们怎么能逃出正义之网？熊铁鹰他们早有准备，堵截了去路，敌我双方便肉搏起来。有一队扛着铁锹、木棍的男女从磨盘湾赶过来。他们是磨盘湾民众，知道是明军为他们与倭寇交战，就赶来增援了。

这场战斗很快就结束了。三百名倭寇除一个叫三木的俘虏外，全被歼了，明军将那些尸体在南坡根挖坑埋了。这次战斗，缴获了二百多把战刀和其他物品。由于倭寇的战刀锋利，砍在树干上也不卷刃，为铁鹰他们以后的战斗立了奇功。

战斗结束后，磨盘湾乡亲们把明军请去犒劳了一顿，有鸡鸭、鱼肉，有大青菜，还喝了家酿的老酒。当然，那个叫三木的日本人也跟着享了福。

三木是怎么回事？

熊铁鹰双手执刀正要砍一名倭寇时，发现那倭寇赤手空拳，早已撂下武器，忙向他跪下，作揖磕头，连连叫道："饶我一命！饶我一命！"

不杀俘虏，这是明军的纪律。熊铁鹰就没杀那个俘虏，带到磨盘湾进行了详细审问。原来，三木才二十三岁，日本横滨一个穷人的儿子，父亲体弱，母亲卧床不起，他是家里唯一的劳力，怎么也走不开。可残酷的丰臣秀吉一声令下，就征他入伍，用船渡海来到朝鲜，烧杀抢掠，无恶不作。三木说，他对倭寇的罪行实在看不下去了，就不想活了，请明军杀了他算了。

铁鹰说，你还年轻，只有二十三岁，怎能死？做了一番思想工作后，三木愿意跟明军一道，援朝抗倭。三木讲信用，随后在援朝抗倭中立了功，成了中朝人民的好朋友。

铁鹰他们正在喝庆功酒时，有一个小青年跑来报告说，他在南坡砍柴时，看到三个倭寇急匆匆向上边桦树洼跑去了，还有一个当地奸细。

铁鹰问，桦树洼有人家吗？

小青年说，只有一户人家。那家的男人曾骂过那奸细是卖国贼。这次他领倭寇去，不会有好事。

铁鹰想了下说，走，看看去！

铁鹰对副手说，安排大家好好休息，便带了三个兵丁，由那位小青年引领着，顺林间的弯弯山路，向高高的桦树洼攀登而去。

桦树洼果只住一户人家，三间上屋，一个场院。惊人的是，场院里有两具死尸：一个五六岁的小男孩，一个大男人，那是年轻的父子俩。堂屋里，两个倭寇躺在小椅上，疲惫不堪。那个奸细正在踱步。而里屋炕上，有女人的哭声，还有男人得意忘形地狂叫……

那奸细为了实施报复，给那三个倭寇说，桦树洼，花姑娘，大大的有。就把野兽般的三个倭寇领到桦树洼来了。那家男人气不打一处来，心想，老子拼了！就用木棍打起来，结果寡不敌众，被他们残害了。孩子一见阿爸死了，就骂着扑上去咬，也被豺狼砍死了。接着，他们就对女主人施起了强暴——头两个倭寇兽欲发泄后，第三个就扑了上去……

恰在此刻，熊铁鹰他们到来，看到眼前这一切情景，个个义愤填膺，恨不得将那一个个衣冠禽兽立刻宰了。但铁鹰想，那太便宜他们了，即使死，也要叫他们死个明白。铁鹰发现主人家墙角挂有麻绳，就拿来三下两下把几个绑了个扎扎紧，而奸细、卖国贼却百般狡辩，我是朝鲜人，不是倭寇，我又没干那事（强暴），你们绑我干什么？

押那四个东西跪在地上，审判，你们是不是人？家里有没有姐和妹？和野兽岂不一般？

对这种惨无人道的禽兽和刽子手如何处决？有的说斩了，有的说埋掉。朝鲜小青年熟悉地形，他说，撂下枯井去！

桦树洼东边不远处有个枯井，三丈深，这里成了那三个倭寇和一个奸细的葬身之地！

不知不觉，熊铁鹰所在的明军赴朝已经数月，大小战斗经历多少次，有不少惨败、伤亡，但也有很多胜利。总之，从某些方面讲，倭寇是死硬派，往往对一个阵地死守、硬守，让中朝军难以攻克。有这么一个战例：明将董一元率部攻克晋州，但移兵泗州后，却久攻不下，伤忙惨重，只得复又退回晋州。足见倭寇的顽劣，而对明军不利。值此之际，传来一个振奋人心的消息：丰臣秀吉死了，政局混乱，侵朝倭将们有了回国之心。这给明军和朝鲜军队创造了机会，就展开了全面攻击。

明军某部驻扎的村庄后边有一座高山，代号909高地，一夜间被倭寇抢占了，几次攻克不下，坚如磐石。上级把熊铁鹰传去，讲了909高地的战略意义及攻克的难点，问熊铁鹰能不能完成任务？

熊铁鹰立正举手表态，保证完成任务！

其实，任务并不是容易完成的。敌人在高地上布有火炮，一旦发现明军攻山，就放火炮，使人近不了身，更莫要说攻克。铁鹰他们连兵分东、南、西三路（北面为悬崖），全面出击。但伤亡较大，还是攻克不下。第三天夜里，一个倭兵下山提水，铁鹰便扑上去，灭了那兵，换上了衣服，提了水，只身闯虎穴去了。

高地上的倭兵实在太渴了，一见水提来，就什么都不顾，牛一样爬在桶沿争相喝起来。趁此机会，熊铁鹰便一个一个砍了那几个倭兵。但有一个牛高马大的倭兵（大约是头头）扑向铁鹰，两人抱住挽起了蛋子，打得不可开交，两人就这样扭打着，从北面山崖上摔了下去……

铁鹰连的人抢先占了909高地，完成了上级交给的任务，可个个却泣不成声。直到第二天开拨时，他们的好连长还没有回来——熊铁鹰壮烈牺牲了！

33

噩耗传回了熊耳山，草木同咽，山河同悲。铁哥队的男女悲痛欲绝。尚武全、张念隆、金柱子、汪铜锤、郭彪伍他们哭道，队长啊，你怎么走了？不声不响地走了？熊耳山需要你，我们需要你啊！

山金秀哭了，抽抽噎噎，泣不成声。人们都知道她和铁鹰已订婚，等他援朝抗倭胜利归来就成亲，可……

山金秀想，最可憎的还是倭寇。你们有日子不过，跑到人家朝鲜国土上抢掠，杀人放火，还害死了我的铁鹰！可恨的倭寇，你们不会有好下场！

麻子婆也哭了，老人家责怪自己，你为两个年轻人说成了媒，却为何不敦促他们成亲？

可怜！既然遗体丢在异国他乡，那么就建衣冠冢吧。好在铁鹰还有几件旧衣服在炕头。

尚武全和张念隆知道山金秀是熊铁鹰的未婚妻，征求山金秀的意见说，嫂子，你说给大哥把坟墓建在哪？

山金秀说，建在南坪吧，就是熊耳山东头南崖下那块坪地，坐北朝南，地方宽展，也暖和。冬天了，好让铁鹰坐在门口晒暖暖。她说到这里，心里更难过了，不禁哽咽起来，泪流满面。

尚武全和张念隆也哭了。他们怎能想到，竟商量要给大哥建坟墓的事呢？

墓建起来了，修了门面，高大雄伟，还镶了一块碑，碑上的字是知县高文敏写的，共有十一个遒劲大字：

援朝抗倭英雄熊铁鹰之墓

灵堂设在陵墓一侧，搭了席棚，里边停放着一副柏木棺材，就是那年他上县城给自己备的那副棺材。棺材盖了盖，里边是熊铁鹰的那几件衣裳，还有一双他穿过的旧麻鞋。

山金秀让她的孩子给铁鹰戴了孝，穿了孝衣，栎树也一样。当得到噩耗的那天晚上，金秀抱住大儿子栗树，就哭着给孩子讲了，栗树啊，他（铁鹰）可是你的亲爹啊！

吊唁的人络绎不绝，几条弯弯山路上都是人。

山先生和老伴也来了，两个老人哭得止不住。铁娃跟他们的亲儿子一样啊，从小看着长大，那么听话。孩子有心，山先生想，还给我修了祠。山先生的老伴想，孩子嘴甜，左一声妈，右一声妈，叫人怎么不疼爱啊！可他走了，走到了那么远的外国。白发人送黑发人，怎不伤心？

金秀的哥哥、嫂嫂来了，铁娃是多好的人啊！麦珍也来了，哭得厉害。

熊铁鹰的表妹芳芳和女婿春生也来了，哭，哭……

山先生站在墓前，看到“援朝抗倭英雄熊铁鹰之墓”时，心里说，铁娃，我儿值了！值了！

铁哥队队员们为了表达哀思，都给铁鹰戴了孝，白花花一片。

来人要吃饭，就在南坪南端塔了棚，盘了几口大锅，日夜炊烟袅袅，随时都有饭吃。

第三天开追悼会，上秦川人来了，金岭川人来了，窨峪川人来了，五峪川、麻街川人都来了，真是人山人海！

追悼会的主持人是尚武全。

由山金秀致悼词，她回顾了熊铁鹰烈士的生平事迹，讲述了在援朝抗倭战场上的英雄壮举，突出了对倭寇的愤恨。接下来讲，我们要化悲痛为力量，把各自的事干好，这是对英雄的怀念，也是对援朝抗倭的贡献。因为至今倭寇还在朝鲜的国土上横行霸道……

向英雄熊铁鹰看齐！

打垮倭寇！

追悼会上口号声此起彼伏，整个熊耳山都动了。

熊铁鹰的追悼会开过以后，山金秀不吃不喝，昏昏沉沉睡了三天三夜，这可把家人、把矿上、陶瓷上的人都吓坏了。万一……山掌柜终究清醒过来了。她喝了两碗鸡汤，吃了三个白蒸馍，精神大振，容光焕发，好像什么事都没有发生过一般。她想，死的死去吧，活的还要活。

第二天吃过早饭，山掌柜把矿上的春生、陶瓷作坊的巩师傅、皮师傅以及灶房、账房的人都召集在一起，商量话(开会)。山掌柜说：

诸位都知道，我这一段心情极不好，想了许多。想我这人吧，应当说心并不坏，可怎么，命运总不好。木耳死了，铁鹰死了，可以说世界上对我好的两个人都死了。我是败月吗？犯月吗？我查过书，都没有。我的生辰八字都很好。可这是为什么？罢罢罢，他们死了，就死去；我们活着，还要活。一定要活！因为总有事要我们做。金秀说煤矿、陶瓷作坊，看起来，这是我的事，是向家的事，实际呢？是大家的事。一个人，两只手，能按几个窟窿？用我父亲的话说，咱们是合伙求财哩。那么，咱们就是一家人，合伙求财吧。请各人干好各人的事，有难同担，有福同享。并让众人入了股。

众人很高兴，都纷纷发言，一定搞好自己的事，请掌柜放心。

与此同时，熊耳山上，在铁哥队的议事厅里，各队员争先恐后表态，定要继续扛起铁字大旗，除恶扬善，保一方百姓安居乐业，使铁哥队的事情更好，让铁鹰兄的在天之灵慰藉。

一个人倒下去，千百人站起来。熊耳山各项事情全面推进，兴旺发达，蒸蒸日上。

34

光阴荏苒，日月如梭。转眼已到了明万历二十七年（1599年）闰四月。这一天，天气晴朗，满山碧绿，空气清新。一片一片的小麦刚刚吐着穗儿，鸟儿在树林里鸣叫，清脆悦耳。

在熊耳山的弯弯山路上，一个人骑匹黑马，由几个兵勇护送着，他是知县高文敏。高知县前边的那个人。高大魁梧，气宇轩昂，肩上披块红绸，胸前佩戴一朵大红花，骑一匹高头大红马！他是谁？说来实在令人疑惑、不解、惊诧，是现实？还是梦境？

他不是别人，正是熊铁鹰！

啊，啊，熊铁鹰？

这是怎么回事？

那天夜里攻占909高地，连长熊铁鹰同那个倭兵扭打时双双摔下山崖，恰巧崖跟有一丛粗壮茂密的山葡萄架，他就掉在了葡萄架上，多亏铁鹰有轻功，身如飞燕，才没有死。但和倭寇搏斗中，又掉在了地上。第二天一早，住在左边山洞里的朝鲜姑娘银姬和母亲出来抬水时，见山葡萄架下有两个穿倭兵衣服的人，一个死了，另一个活着。显然是活着的把那个掐死了——死者脖子上有深深的手印！银姬娘不解，都是倭寇，怎么一个把一个掐死了呢？仔细一看，银姬大叫一声，铁连长！

那活着的“倭兵”醒来也大叫一声，银姬！

原来，熊铁鹰他们连在苇子村驻扎时，银姬正好在她外婆家，两人就认识了。

熊铁鹰肩头擦破了皮，左腿也有扭伤。银姬和娘便把铁鹰扶回山洞，给他调养身体。

铁鹰和那个倭兵扭打着摔下山崖后，战友们都以为他牺牲了，第二天有新任务立即开拔，所以连“尸首”也没来得及寻找，就报了阵亡的消息。结果，闹了场误会。

铁鹰在银姬家住了几天，身体恢复好了，就和主人拉起了家常。

阿妈，你家没有房屋吗？怎么住山洞？

阿妈说，怎么没房屋？我家原本在苇子村西边一里处有三间房，一夜间被倭寇烧了。

铁鹰问，一家就你们娘俩？

她阿爸组织地方武装抗倭，奸细就报告给了倭军，倭军把银姬她阿爸打死了，把房烧了。那夜我和女儿不在家，逃过一难。后来到这偏僻的山洞暂且安身了。

铁鹰听了非常愤慨，说，咱中朝军队一道，一定要把倭寇赶出朝鲜国土去！

阿妈说，倭寇太坏了，碎尸万段都不够。

阿妈和银姬挽留铁连长，说，你别急，多住些日子，把身体养得棒棒的，好打倭寇去。

铁鹰哪待得住，结果翻山越岭归队了。

1598年十一月，中朝两国军队联合对日军进行全面阻击。同月十九日，日军数百艘战船通过露津海峡，从而进入联军伏击圈，中朝水军火炮齐发，敌兵船队大乱，忙向观音浦港口逃去，但这里也有联军，日军船队只得掉转头来，拼命突围，双方展开激烈交战。明军将领指挥士兵跳到敌人船上，与他们展开了肉搏。铁鹰正好在这队兵士中，他靠自己过硬的武功，如猛虎下山，似蛟龙出海，打得敌人或倒在船上，或落入海中。战斗从夜间一直进行到第二天中午，敌兵大败，五百只战船仅五十只漏网，万余名日兵葬身大海，熊铁鹰又立了大功。明万历二十七年（1599年）二月，朝鲜国土全部光复。

同年闰四月，朝廷正式宣告援朝抗倭大捷，于是，熊铁鹰凯旋，回到了商县，回到了祖国。知县要他留在县上干事。他谢绝了，他说我的根在熊耳山。

知县高文敏将熊铁鹰送回熊耳山铁哥队，休息了一会儿，因公务繁忙，一行人便返回县城去了。高文敏将那匹高头大红马送给了熊铁鹰，说你到各村巡查时，骑上它，就方便多了。

铁哥队的人知道自己队长身经百战大难不死回来了，异常高兴，都围拢来，问长问短，不亦乐乎。

日已西斜，灿烂的晚霞红彤彤的，照映在熊耳山上，绚丽多彩。这时候，尚武全才想起，让铁鹰哥看看他的“陵墓”，晚上就见见金秀嫂子吧！尚武全便对熊铁鹰说：

队长，当得知你在朝鲜战场上阵亡的消息之后，全熊耳山人都哭了，大伙只好找出你的几件旧衣服，修了个衣冠冢。

熊铁鹰笑了，衣冠冢？在哪？看看去！

尚武全领铁鹰来到南坪边上，远远看见，在那崖根高高的衣冠冢前，有一个年轻女人领一个男孩正对“坟墓”跪拜。机灵的尚武全向那里一指，说，那是。哥，你去。我还有事。便借故躲走了。

坟前跪拜的女人是山金秀，领着儿子栗树。自铁鹰“死了”以后，金秀表面强打精神，若无其事，可心里悲伤万分，铁鹰啊，你不该死！不该死！她不敢说不敢想那个“死”字，可绕得过吗？往往，夜里，她睡不着，就穿衣起来只身来到铁鹰坟前，摸着那碑，暗暗地哭……说实话，她也不明白，木耳去世后，她也伤心、悲痛，可没有对铁鹰这样的极度的悲伤。

这天下午，她把儿子栗树领来，指着墓碑上的大字“援朝抗倭英雄熊铁鹰”，对儿子说，这就是你爹，你见过的英雄，抗倭的英雄。你骄傲，你自豪，你要向你爹学习，长大成为一个干好事的人！

儿子栗树很懂事，点点头。

娘儿俩点燃香，烧完纸，磕了头，站起来，拧过身，刚要走时，却惊呆了。当山金秀确认，他是真真正正的熊铁鹰时，扑在他怀里，哭了，铁鹰！铁鹰！

铁鹰紧紧抱住金秀，泪流满面，他三言两语讲了在朝鲜那夜从山崖上滚下落在山葡萄架上，后被银姬母女扶回山洞调养诸事。两人有多少话要说啊，可从何说起？

金秀拉过栗树来，叫爹！

爹！

三口人，抱在一起，如尊石雕，沐浴着美丽的熊耳山晚霞，明日天气会更好！

2016 年 1 月 3 号动笔

2016 年 5 月 4 日

初搞完于商州

后 记

《熊耳山》写完了，我长长地舒了口气，不禁叫道，啊，啊……但又一想，我写了些什么？茫茫一团，说不清了。于是油然想起了那首古诗：横看成岭侧成峰，远近高低各不同。不识庐山真面目，只缘身在此山中。是这样吗？又茫然了。

我将自己的心境讲给一位评论家，他说："一个有责任感的写作者，都是在故事之外表达一种意思。所谓：都云作者痴，谁解其中味？从故事中得出来的思考才是最重要的收获。"

哈，天机露了，我释然了！

我要感谢：

张立群同志（中共商州区金陵寺镇党委书记）、王骅同志（商州区金陵寺镇镇长）、王卫民同志（中国作协会员，商洛市作协常务副主席，商州区作协主席）、李翰儒同志（金陵寺镇干部）、古晓红同志（商州区金陵寺中学高级教师）。还要感谢许多许多的先生和同志。

作者

2016 年 5 月 8 日于商州